브라보 마이 라이프

브라보 마이 라이프

1판 1쇄 2020년 7월 10일

글 염연화   **그림** 안병현

펴낸이 모계영   **펴낸곳** 가치창조
출판등록 제406-2012-000041호
주소 서울시 종로구 사직로 8길 34, 1104호(내수동, 경희궁의아침 3단지 오피스텔)
전화 070-7733-3227   **팩스** 02-303-2375
이메일 shwimbook@hanmail.net
ISBN 978-89-6301-200-1 43810

가치창조 공식 블로그 http://blog.naver.com/gachi2012
단비청소년은 가치창조 출판그룹의 청소년책 전문 브랜드입니다.

이 책은 광주광역시 · 광주문화재단 의 2020년도 지역문화예술육성지원사업으로 지원받아 발간되었습니다.

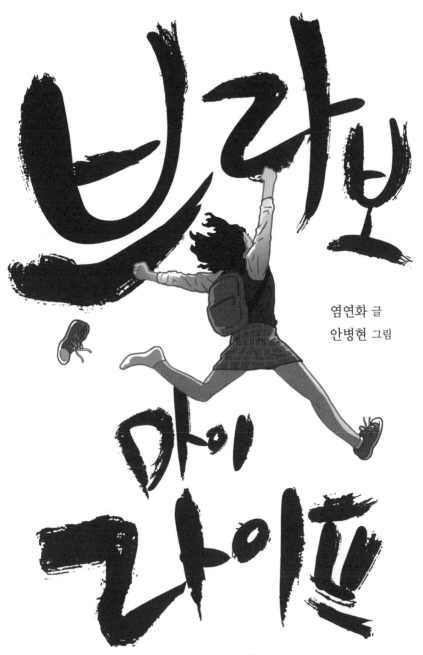

염연화 글

안병현 그림

단비청소년

　딸을 미술학원 앞에 내려 주고 카페 창가에 앉았습니다. 늦지 않으려고 부랴부랴 학원으로 달려 들어가는 학생이 보입니다. 교복을 입은 아이들 모습에 오늘도 가슴이 뭉클해지는 걸 보니, 제 안에는 아직도 어떤 아쉬움이 남아 있는 모양입니다.

　작년, 딸은 여름방학을 한 달 앞두고 학교 밖 청소년이 되었습니다. 제도의 틀에서 벗어나면 큰일이라도 나는 줄 알고 청소년기를 보냈던 저는, 딸의 자퇴 선언을 받아들이기 힘들었습니다. 상처투성이가 된 딸의 마음을 제대로 들여다볼 줄 몰랐던 건, 어쩌면 제가 만든 틀이 무너지는 게 두려웠기 때문인지도 모르겠습니다.

다행스럽게도 딸은 1년이란 시간 동안 놀고먹고 잠만 잔 게 아니었습니다. 자기 안의 캄캄한 동굴을 끊임없이 들여다보며 자신을 알아 가고 있었습니다. 마침내 꼭꼭 닫았던 마음을 조금씩 열어 보이면서 다시 스케치북을 펼치기 시작했습니다. 그리고 막 첫걸음을 뗀 아기처럼 조심조심 세상 밖으로 걸어 나왔습니다.

　딸이 큰 용기를 낸 것처럼, 저 역시 용기를 내 청소년 소설집을 내놓습니다. 딸과 함께 언제까지나 성장통을 겪으며 살아갈 서툰 엄마인 까닭에 많이 부끄럽습니다.
　멋진 그림으로 제 글을 품어 주신 안병현 선생님, 정성껏 책으로 만들어 주신 단비청소년 식구들께 감사의 말씀을 올립니다.
　이 책에 나오는 다양한 색깔을 가진 아이들 모두가 저의 딸이고 아들입니다. 저마다 각자의 길에서 따뜻한 햇살이 되고, 청량한 바람이 되고, 반짝이는 돌이 되고, 싱그러운 풀이 되었으면 좋겠습니다.

염연화

차례

브라보 마이 라이프

"연수야, 너 그거 있지?"

작은 눈을 인형처럼 깜박이며 지윤이가 예쁜 척을 한다.

"아잉, 하나만 빌려 주라."

필살기 콧소리까지.

"보건 쌤한테 가서 달라고 해, 쫌!"

"배가 넘 아파서 거기까지 갈 기운도 없어."

지윤이는 금세 표정을 바꾸고 배를 움켜쥔다.

"어떡하냐. 연기는 칸 영화제 여우주연상 감인데 비주얼이 안타까워서."

"내 비주얼이 어때서? 개성 있는 마스크, 볼륨 넘치는 몸매, 뭐 하나 빠지는 게 있냐?"

11

양손을 턱 밑에 받치고 꽃받침을 만들었다가 허리에 얹었다가, 어떤 면박도 쿨하게 받아치는 최강 긍정녀. 차마 미워할 수 없는 지윤이다. 나는 눈을 흘기며 파우치에서 생리대를 하나 꺼내 지윤이 주머니에 넣어 준다.

"싸랑해, 땡큐!"

"맨날 맨입으로 나불대지만 말고 좀 갚아라. 너 나한테 빚진 게 한우버거세트……."

하지만 지윤이는 내 말이 채 끝나기도 전에 화장실로 달려가 버린다.

파우치를 들여다보며 얕은 한숨을 내쉰다. 다소곳이 남아 있는 두 개의 생리대. 내 파우치 안에는 1년 365일 생리대가 들어 있다.

'연수는 있을걸? 연수한테 부탁해 봐.'

그랬다. 누군가 갑자기 생리대가 필요할 때, 나는 항상 그것을 가지고 있었다. '너도 그날이야?' 하고 물어 오면 그렇다고 대충 얼버무리거나, 주기가 제멋대로라 매일 가지고 다니지 않으면 불안하다고 굳이 변명하기도 했다. 그 순간 나쁜 거짓말쟁이라도 된 것처럼 가슴까지 졸이면서.

늘 가지고 있지만 온전히 내 것이 되어 주지 않는 생리대. 푹신하고 뽀송뽀송한 이것에 이제 그만 나도 붉은 생리혈을 받아낼 수 있다면……. 누구에게도 말 못할 부끄러운 열망으로 나는 늘 파우치에 세 개의 생리대를 채운다.

인터넷 지식 검색을 해 보니, 초경이 늦는 경우도 있기 때문에 걱정하지 않아도 된다고 했다. 그렇지만 엄마랑 병원에 가서 몸에 이상이 없는지 검사를 해 보라는 친절한 답변이 따라붙었다.

젠장, 나에겐 엄마가 없다. 친구들에겐 흔한 이모, 고모도 없다. 지윤이처럼 활달한 성격이라면 모를까, 산적 같은 아빠와 마주 앉아 초경이 늦어 걱정이라는 고민을 어떻게 털어놓는단 말인가. 홀로 나를 키워 온 아빠 또한 딸의 2차 성징 여부를 묻는 게 껄끄럽긴 마찬가지인 모양이다. 당연히 생리를 시작했다 생각하고 용돈을 더 챙겨 주는 것으로 내가 매달 생리대를 살 수 있게 배려하는 게 최선인 거다.

중학교 2학년 여름방학이 끝나고 2학기가 시작되면서부터 나는 생리대를 갖고 다녔다. 가끔 생리대를 빌려 달라는 친구들에게 매번 없다고 말하는 게 창피해지기 시작했다. 혹시라도 내가 아직 생리를 하지 않았다는 것을 들키게 될까 봐 쓸 일도 없는 생리대를 빌려 달라고 선수를 치기도 했다.

그래도 그때는 이렇게까지 고민이 되진 않았다. 초등학생들도 생리를 하는 마당에 고등학교 1학년 겨울을 맞이한 지금까지 무소식이니 마냥 태연할 수가 없다. 일곱 살에 초등학교에 입학한 터라 내가 친구들보다 한 살 어리다는 위안의 유효기간은 진작 지났고, 170센티미터를 채운 키도 더는 반가운 일이 아니다. 그렇다고 지윤이에게 고민 상담을 하기엔 어쩐지 자존심이 상한다. 누가 봐도 발육 상태 최고인 베이글녀 지윤이는 애타는 내 마음을 절대 공감할 수 없을 테니까.

이른 첫눈이 내림과 동시에 전국적으로 대설주의보가 발효되었다. 다른 지역으로 출장을 간 아빠가 폭설 때문에 발이 묶여 버렸다. 아빠는 지윤이 할머니에게 허락을 받아 됐다며 지윤이를 집으로 데려와 함께 자라고 했다.

「니네 아빠께서 너를 보호하라는 전갈이시다!」

학원 버스에서 내리자마자 지윤이에게 톡이 날아왔다. 이 시간에 나한테 연락을 한 걸 보니 보컬 학원은 아닌 것 같았다. 나는 바로 지윤이에게 전화를 걸었다.

"벌써 학원 끝났나?"

"아니, 땡땡이."

"왜? 은찬 오빠랑 싸우기라도 했어?"

"싸우긴. 오빠 오디션 미끄러져서 풀이 죽어 있잖아. 오빠 없이 나 혼자 무슨 재미로 학원엘 가겠냐?"

"열녀 왕림하셨네."

"당근이지. 그러니까 빨리 와. 동휘 오빠네서 위로 파티 열기로 했으니까!"

어쩐지 상황과 안 어울리게 들뜬 목소리더니. 누가 들으면 오디션 합격 파티라도 여는 줄 알겠다.

"은찬 오빠 풀 죽어 있다면서?"

"니네 아빠 덕분에 모처럼 할머니한테 외박 허락도 받았는데, 이 밤을 우리 둘이서만 보내자고? 이봐 친구, 난 노 땡큐일세."

"그럼 거기서 밤새우자는 거야?"

"흐음, 이제 좀 말귀가 통하네."

지윤이가 보컬 학원에 다니는 이유는 순전히 은찬 오빠 때문이었다. 이웃 고등학교 축제 때 노래를 부르는 오빠에게 반한 지윤이는 그날부로 같은 학원에 등록을 했다. 그리고 은찬 오빠의 전 여친과 학원의 수많은 추종자들을 따돌리고 당당히 사랑을 쟁취한 거였다.

"야, 그래도 어떻게……."

"싫어? 그럼 평생 그렇게 루저로 살든가."

"뭐? 내가 왜 루저야?"

"너 동휘 오빠 좋아하는 거 다 알거든. 이 소심쟁이야!"

"조, 좋아하긴 내가 누굴 좋아한다고……."

"끝까지 시치미를 떼려면 연기라도 좀 잘 하든가."

얼굴이 뜨거워졌다. 지금 내 앞에 지윤이가 없어 다행이다.

"하연수. 오늘 밤 내가 레드 카펫 쫙 깔아 줄 테니까 확 고백해 버려. 용기 있는 여자가 훈남을 얻는 법이야."

당당히 사랑을 쟁취한 지윤이 눈엔 짝사랑을 하는 내가 루저로 보이는 게 당연한지도 모른다. 하지만 지윤이에겐 나에게 없는 것이 있다. B컵 브라에 꽉 차는 볼륨 넘치는 가슴과 들쑥날쑥하지 않고 제 날을 지켜 터지는 생리혈. 아무리 생각해 봐도 지윤이를 당당하게 만드는 것은 그거다. 은찬 오빠가 얼짱 여친을 정리하고 지윤이를 선택한 것도 지윤이의 우월한 여성성 때문 아니었을까?

그런 지윤이를 넘어설 수 없는 미성숙한 나의 초딩 몸매. 지윤이를 볼 때마다 나는 어쩔 수 없이 열등감에 빠지고 만다. 우리가 아무리 절친이라도 초경을 안 해서 동휘 오빠에게 고백을 못 한다는 사실을 말할 순 없다.

"거절당하면 앞으로 동휘 오빨 어떻게 보라고."

그럴 바에야 차라리 짝사랑만 하는 편이 나을지도 모른다.

"쉬운 남자는 매력 없지! 은찬 오빤 뭐 단번에 넘어온 줄 알아? 안 되면 두 번, 세 번, 열 번이라도 도끼날을 갈아야 할 거 아냐?"

문득 지윤이가 대학생쯤 되는 언니처럼 느껴진다.

"나 지금 너네 집 쪽으로 가고 있으니까 얼른 오기나 하셔."

그래, 동휘 오빠의 이상형이 꼭 지윤이 같은 스타일이란 법은 없지. 세상 모든 남자들이 쭉쭉빵빵 글래머만 좋아한다면 나 같은 애는 진화론에 의해 진작 자연도태되고 말았을 거다.

그렇게 생각하니 불쑥 용기가 솟구쳤다. 가슴이 뜨겁게 달아올랐다. 굵은 눈송이들이 더운 얼굴에 닿아 녹아내렸다.

동휘 오빠의 부모님은 일식집을 운영하기 때문에 항상 새벽에 들어온다고 했다. 덕분에 지윤이와 은찬 오빠의 데이트 장소는 동휘 오빠네 집일 때가 많았다. 나는 풀코스에 낀 사이드 메뉴처럼 종종 딸려 가곤 했다.

동휘 오빠는 중학교 2학년 때 교통사고를 크게 당했다. 그 바람에 휴학을 하고 홈스쿨링으로 중학교 과정을 마쳤다고 했다. 지금은 재활 치료를 하면서 고등학교 검정고시를 준비하는 중이다. 언제부턴가 동휘 오빠만 생각하면 주책없이 속이 울렁거렸다. 오빠의 기타 소리를 들으면 내가 기타 줄이라도 된 듯 가슴이 멀미를 했다. 기타에 빠져 사는 사촌 언니를 많이 봐서, 사실 기타는 나에게 별다른 감흥을 주는 악기는 아니었다. 그런데 동휘 오빠를 만난 순간 여섯 개의 기타 줄은 전혀 새로운 음색으로 내 귀와 마음을 적셨다. 더군다나 동휘 오빠의 연주 실력은 사촌 언니와 아예 비교할 수 없을 만큼 수준급이었다.

지윤이는 우리 집 앞에서 나를 기다리고 있었다. 나를 보자마자 안으로 끌고 들어가더니 다짜고짜 거울 앞에 앉혔다.

"에휴, 날마다 널 비추는 이 거울은 무슨 죄냐?"

"내가 뭐 어때서?"

입술을 삐죽이며 거울을 바라보았다. 여성스러운 니트와 스키니진으로 볼륨 있는 몸매를 한껏 드러낸 지윤이, 그에 비해 평범하기 그지없는 스타일의 나.

"여자는 일단 화장발, 그 다음엔 옷발!"

내 옷장을 열어젖힌 지윤이는 내가 한 번도 입지 않은 원피스를 꺼냈다.

"우와, 하연수. 이렇게 러블리한 옷도 있었어?"

"저번 생일 때 큰엄마가 사 주셨어."

"어쩐지. 니네 큰엄마 센스 짱이다."

지윤이는 내 가슴팍으로 원피스를 들이밀었다.

"지금 이걸 입으라고? 밖에 눈이 저렇게 펑펑 오는데?"

"닥치고 입기나 하셔."

지윤이는 내 교복을 홀러덩 벗겨 버렸다. 거울 앞에 밋밋한 내 상체가 드러났다. 나는 본능적으로 가슴을 가렸다.

"푸하하! 너 아직도 주니어 브라야?"

"이 씨, 이거 명백한 성추행이거든!"

"빨랑 입어. 메이크업 하게."

내 말에 콧방귀도 안 뀌는 지윤이를 흘겨보고는 원피스를 입었다. 교복 아니면 후드티만 입다가 원피스를 입으니 너무 어색했다.

"마당쇠 대빗자루 같더니 이제 좀 사람 같네. 여기다 과즙 팡팡 메이크업만 해 주면, 넌 레드카펫 위의 여신이 되는 거야."

파우치를 열어 화장품을 꺼낸 지윤이는 능숙한 손길로 내 얼굴에 화장을 시작했다. 톡톡톡. 지윤이 손이 마법을 부리는 동안 나는 가만히 눈을 감은 채 얼굴을 맡겼다. 화장이 끝나고 입술에 틴트가 발라지자 달콤한 복숭아 향이 났다.

"됐다. 변신 완료!"

지윤이가 내 볼을 살짝 꼬집었다.

눈을 떴다. 핑크빛으로 물든 볼을 본 순간 나도 모르게 입이 벌어졌다.

"너무 진한 거 아니야?"

"좋으면서 내숭은."

지윤이는 내게 롱패딩을 걸쳐 주고 팔짱을 꼭 꼈다.

"자, 고고씽!"

스타일을 변신시켜 준 대가로 지윤이는 내 지갑을 털어 과자와 음료수를 사게 했다. 차가운 눈발이 축복처럼 볼에 닿아 사르르 녹았다. 무도회에 가는 신데렐라라도 된 것처럼 마음이 붕 떴다.

동휘 오빠네 현관문 앞에 서니 왠지 가슴이 떨렸다. 나는 휴대 전화 카메라를 셀카 모드로 바꾸고 머리카락을 정돈했다. 마침내 현관문이 열렸다. 지윤이는 내 롱패딩을 벗기고 나를 안으로 떠밀었다.

"어, 연수는 어디다 버려 두고 웬 여신을 모셔 왔어?"

은찬 오빠가 나를 두고 한 바퀴 빙 돌며 장난을 쳤다.

"오빠, 연수 예쁘지? 얘가 제대로 꾸미기만 하면 우리 학교 5대 얼짱엔 들어간다니까."

지윤이가 눈치껏 나를 띄웠다. 사실이 아니란 걸 알면서도 기분은 좋았다.

"분위기가 좀 달라졌네."

휠체어에 앉아 있던 동휘 오빠가 툭 던지듯 한마디 하고는 눈길을 거뒀다. 지윤이는 눈을 찡긋하며 내 옆구리를 쿡 찔렀다.

"너희들 배고프지?"

은찬 오빠가 컵라면 세 개에 물을 부어 가지고 왔다. 나는 사 온 과자와 음료수를 풀었다.

"짜잔! 이건 내가 두 달 전부터 하나씩 빼돌려 모은 거란 말씀."

가방에서 캔 맥주 다섯 개와 병맥주 두 개를 꺼내며 은찬 오빠가 자랑스럽게 웃었다.

풀 죽어 있다더니, 역시 지윤이와 은찬 오빠는 천생연분이다. 우울을 핑계 삼아 파티를 하고 싶었던 거다. 그런 은찬 오빠에게 위로의 말은 굳이 필요 없을 것 같았다.

"우와, 폭풍 감동! 역시 울 오빠 짱!"

지윤이가 손가락 하트를 날리고는 서둘러 맥주 캔을 땄다.

"너 술도 먹어? 언제부터?"

나는 놀라서 지윤이를 쳐다봤다.

"으이구, 범생이 아닌 범생이 버릇 나온다. 자, 리슨 앤 리피트! 우리에게 일탈은 비타민!"

지윤이는 어른들이 건배사를 하듯 맥주 캔을 높이 쳐들었다.

"그러엄! 가끔은 이렇게 영양제도 먹어 줘야 건강해지는 거야."

은찬 오빠가 지윤이 말에 맞장구를 치며 병맥주를 따 내 앞에 놓았다.

"연수는 이거 마셔. 우리 엄마 최애 맥준데, 다른 것보단 순해."

나는 동휘 오빠를 힐끔 보고는 머뭇거렸다. 동휘 오빠는 우리 쪽엔 관심 없이 기타 줄을 조율하고 있었다.

'좋아, 이깟 맥주 좀 마신다고 타락하는 것도 아니잖아. 쫄지 마, 하연수.'

호기롭게 맥주를 한 모금 들이켰다.

"우웩!"

절로 얼굴이 찌푸려졌다. 목을 훑고 내려가는 느낌이 콜라와는 사뭇 달랐다.

"하하. 연수 진짜 처음이야?"

"말했잖아. 쟤 완전 천연기념물이라고."

지윤이가 쿡쿡 웃었다.

조율을 마친 동휘 오빠가 부드럽게 기타 줄을 튕겼다. 나는 얼른 표정을 정리하고 동휘 오빠를 바라보았다.

"나, 오빠 동영상 봤어. 마틴 콘테스트 동영상."

관심을 보이는 게 부끄러워 그동안 모른 체했던 말이었다.

"어? 어떻게 알았어?"

동휘 오빠는 대번에 반가운 기색을 보였다. 이럴 줄 알았으면 진작 알은체할걸.

"사촌 언니랑 같이 기타 동영상 보다가 오빠 동영상 우연히 봤어. 사촌 언니도 기타 치거든."

사실 우연히 봤다는 말은 거짓말이었다. 동휘 오빠를 처음 만나고 집에 돌아온 뒤부터 오빠의 기타 소리는 이명처럼 내 귀를 떠나지 않았다.

사촌 언니가 기타리스트들의 동영상을 찾아보며 연습하던 게 떠올랐다. 그 정도 실력자라면 유투브에 동영상들을 올려놓지 않았을까? 혹시나 하고 '신동휘'라는 이름을 검색하니 정말로 동영상 몇 개가 나타났다. 그중 '마틴 콘테스트 금상 신동휘'라는 제목으로 저장된 6분 30초짜리 동영상이 눈에 띄었다. 조회 수는 무려 21만 회였다.

분명히 동휘 오빠였다. 깜짝 놀라 얼른 인터넷 검색을 해 보았다. 마틴 어쿠스틱 콘테스트 금상. 누군가의 블로그에 동휘 오빠가 괴물로 소개되어 있었다.

"나 같은 놈은 몇 년째 제자린데 저 자식은 뭐냐? 기타 잡은 지 2년 만에 마틴 콘테스트 금상이라니, 말이 돼? 얼마 전엔 또 야마하 어쿠스타에서 대상까지 탔어요."

칭찬인지 비아냥인지 모를 은찬 오빠의 푸념이 쏟아졌다.

"우와, 야마하 어쿠스타에서도?"

그건 내가 검색을 해 본 이후의 일인 듯했다. 마틴 콘테스트에 이어 야마하 어쿠스타까지. 사촌 언니 말로는 웬만한 실력으로는 두 대회 다 예선에 들기도 어렵다고 했다.

"연수 제법인데? 그런 대회를 다 알고."

동휘 오빠가 나를 보며 눈을 반짝였다.

"으, 응. 사촌 언니한텐 꿈의 무대라고 했거든. 대회 참가해 보는 게 소원이란 말을 자주 들었어."

나는 쑥스러워 오빠의 시선을 피했다. 그새 맥주 두 캔을 비운 은찬 오빠는 세 번째 캔을 따 연거푸 들이켰다.

"아이구, 무슨 말인지 나는 하나도 못 알아듣겠네. 어쨌든 동휘 오빠가 대단한 사람이라는 거지? 그럼 첫눈 내리는 겨울밤에 어울리는 곡으로, 플리즈!"

지윤이가 또다시 손가락 하트를 헤프게 날리며 기타 연주를 주문했다. 동휘 오빠는 다시 기타 줄을 조이고 풀기를 반복하더니 손가락을 튕기기 시작했다. 부드러우면서도 경쾌한 기타 소리가 울려 퍼지기 시작했다.

"어, 라스트 크리스마스!"

익숙한 멜로디에 얼른 알은체를 했다. 동휘 오빠가 나를 향해 부드럽게 미소 짓고는 노래를 부르기 시작했다.

Last Christmas I gave you my heart
But the very next day you gave it away
This year to save me from tears
I´ll give it to someone special……

나는 기타 소리에 흠뻑 빠져 눈을 감고 고개를 좌우로 흔들었다. 노래 가사의 주인공이 교통사고로 몸과 마음의 상처를 입은 동휘 오빠로 대입되었다.

This year to save me from tears
I´ll give it to someone special……

아, 썸원 스페셜! 그 스페셜한 사람이 내가 되어 오빠를 위로해 줄 수 있다면…….

"에이, 노래까지 잘 부르냐? 너무한다, 신동휘!"

지윤이가 거짓 야유를 보내며 소리쳤다.

"짜식, 자동차 사고 덕에 완전 용 됐다니까. 죽겠다고 약까지 삼킨 놈이었는데 기타가 살린 거지."

은찬 오빠의 혀가 조금씩 말리는 것 같더니 금세 발음이 꼬였다.

"헐, 진짜?"

놀란 지윤이의 목소리 톤이 높아졌다. 내 귀도 번쩍 뜨였다. 동휘 오빠는 살짝 불편한 기색을 보였지만 이내 아랑곳하지 않고 연주에 집중했다.

"다시는 못 걷게 됐는데 살고 싶었겠냐?"

"못 걷는다고? 영영?"

말을 뱉어 놓고 아차 싶었는지 지윤이는 얼른 손으로 입을 막았다.

"사람이 중추신경을 다치면 어떻게 되는 줄 몰라? 그러니까 하반신 마비…….."

챙, 챙, 챙!

동휘 오빠가 기타 줄을 거칠게 내려치며 은찬 오빠를 쏘아보았다.

"고은찬. 좀 닥쳐 줄래? 그깟 맥주 좀 마셨다고 취한 척 말고!"

"아, 기타 천재 귀에는 만년 연습생의 넋두리 따윈 지겹겠지. 그래 쏘리. 아임 쏘 쏘리!"

은찬 오빠는 어깨를 으쓱하더니 빈 캔을 우그러뜨렸다.

"남의 상처 함부로 까발리는 게 니 넋두리야?"

분위기는 순식간에 험악해졌다. 나는 지윤이에게 어떻게 좀 말려 보라는 눈짓을 보냈다.

"아이, 왜들 이래. 오빠, 우리 눈 맞으러 나가자. 첫눈이 펑펑 오는데 집 안에만 있는 건 예의가 아니잖아."

지윤이가 은찬 오빠의 팔을 끌며 일으켜 세웠다.

"연수야, 난 오빠랑 좀 나갔다 올게."

지윤이는 내게 눈을 찡긋해 보이고는 은찬 오빠 등을 떠밀고 나갔다. 뭐라고 구시렁거리는 은찬 오빠 목소리가 멀어졌다. 동휘 오빠는 한동안 현관 쪽을 노려보고만 있었다.

"오디션 떨어졌다더니 기분이 별론가 보네."

나는 동휘 오빠 눈치를 보며 조그맣게 중얼거렸다. 동휘 오빠는 말없이 다시 기타 코드를 잡았다. 나는 속으로 안도의 한숨을 내쉬고 기타 연주에 귀를 기울였다. 하지만 기타 소리는 들리지 않고 은찬 오빠가 했던 말이 자꾸만 귀에 맴돌았다.

흘낏 동휘 오빠의 다리를 바라보았다. 동휘 오빠가 교통사고로 재활 치료 중인 줄만 알았지 하반신 마비가 된 줄은 몰랐다. 어쩌면 사고는 오빠를 시기한 신의 질투였는지 모른다. 내게는 오빠의 다리마저도 완전무결해 보였다.

"연수야."

연주를 하다 말고 동휘 오빠가 나를 불렀다. 나는 고개를 들었다. 동휘 오빠는 무슨 말을 할 듯 말 듯 머뭇거렸다.

"왜?"

설마, 썸원 스페셜? 나더러 오빠의 특별한 사람이 되어 달라고 말하려는 걸까? 가슴이 세차게 두근거렸다. 고백해 줘 오빠. 난 평생 오빠의 다리가 되어 줄 마음의 준비가 되어 있으니까.

하지만 동휘 오빠의 침묵은 길었다. 나는 침을 꼴깍 삼키고 오빠의 입이 열리기만 기다렸다.

"나, 좋아하지 마라."

생각지도 못한 스트레이트 펀치가 날아왔다.

"무, 무슨 소리야? 누가 뭐 오빠 좋아한대?"

애써 침착한 척했지만 목소리는 이미 떨리고 있었다.

"너 나 좋아하는 거 아니었어?"

"잘못 짚었거든? 안 좋아해. 눈곱만큼도!"

조금 전까지 잔뜩 부풀어 있던 마음이 푸시시 꺼지면서 자존심이 곤두박질쳤다. 동휘 오빠를 향한 내 감정을 온몸으로 부정하며 나는 입술을 깨물었다.

"그래? 다행이네."

나와 달리 동휘 오빠 목소리는 침착했다.

고백을 하기도 전에 나를 차 버린 눈부신 나의 태양. 동휘 오빠가 이렇게 차가운 얼음덩어리였을 줄이야. 눈시울이 뜨거워졌다. 묵묵히 궤도를 돌다 태양계에서 쫓겨난 명왕성이 된 기분이었다.

"설마, 좋아하지도 않는 사람 때문에 상처라도 받을까 봐 걱정해 주는 거야? 오빠 완전 도끼병 말기구나?"

"크크크. 그래, 도끼병. 나는 아무나하고 눈만 마주쳐도 가슴이 두근거려. 쟤가 나를 좋아하나, 나랑 자고 싶어 하나……."

"그만해!"

나는 동휘 오빠를 노려보며 벌떡 일어났다. 온몸이 후들거리며 눈물이 뚝 떨어졌다.

"안 좋아한다고 했잖아! 내가 싫으면 그냥 꺼지라고 해. 일부러 저질처럼 굴지 말고!"

"난 원래 이런 놈이야. 이런 몸으로 여자랑 잘 수 있을까 없을까, 날마다 그것만 생각해. 내가 남자로 살 수 있을지 없을지, 그걸 모르고선 누구도 좋아할 수가 없다고!"

두 번째 강펀치가 내 가슴을 훅 파고들었다. 코끝이 찡해지면서 가슴이 아릿해졌다.

"오, 오빠……."

"가! 꺼져 버려!"

나를 노려보던 동휘 오빠는 거칠게 휠체어를 돌려 버렸다.

처참해진 마음으로 동휘 오빠의 뒷모습을 바라보았다. 오빠의 어깨가 잘게 떨리고 있었다. 나는 휘청휘청 밖으로 나왔다.

야마하 어쿠스타 대회. 지난 가을, 코리아 파이널 대상을 받은 동휘 오빠의 사진과 동영상이 줄줄이 검색되었다. 대상 수상자에게는 도쿄에서 열리는 아시안비트 그랜드 파이널 출전 자격이 주어진다고 했다. 날짜를 보니 일주일 뒤였다.

그 일이 있은 후로 나는 동휘 오빠를 한 번도 볼 수 없었다. 은찬 오빠는 다시 아이돌 그룹 오디션 준비를 한다더니 덩달아 지윤이까지 얼굴 보기가 힘들었다.

'내가 남자로 살 수 있을지 없을지, 그걸 모르고선 누구도 좋아할 수가 없다고!'

나는 며칠째 동휘 오빠의 말을 입속으로 굴렸다. 이상하게도 그말은 곱씹을수록 맑고 깨끗해졌다. 오빠에게 성은 단순한 호기심이나 욕정이 아닌 신성한 열망, 존재의 확인인 것이다. 내가 생리를 하고 완전한 여자가 되기를 간절히 바라는 것과 같은. 비로소 동휘 오빠를 용서할 수 있을 것 같았다.

돌아가신 할머니는 열일곱 살에 할아버지 사진만 보고 시집와서 열아홉에 큰아빠를 낳고, 이어서 아빠와 작은아빠들을 낳았다고 했다. 지금 내 나이 열여섯 이팔청춘. 성춘향이 이몽룡을 만났다는 딱 그 나이 아닌가? 그래, 당당히 고백하는 거다!

나는 민트색 니트를 서둘러 꺼내 입고 지윤이가 준 틴트를 발랐다. 빨개진 입술이 묘하게 용기를 북돋워 주었다.

피곤한 모습으로 들어온 아빠는 반주 몇 잔에 일찍 곯아떨어졌다. 오토바이 배기통 소리 같은 코골이로 봐서 아침까지는 절대 일어나지 않을 태세였다. 며칠째 못 본 대변이 신호를 보내는지 살살 배가 아파 왔지만 나는 그대로 살금살금 집을 빠져나왔다.

동휘 오빠네 현관문 앞에 서니 안에서 기타 소리가 작게 새어 나왔다. 도쿄 대회를 앞두고 막바지 연습 중인 모양이었다. 나는 망설이다 초인종을 눌렀다.

"누구세요?"

인터폰에서 새어 나온 목소리는 동휘 오빠가 아니었다. 이 시간엔 혼자 있을 줄 알았는데, 당황스러웠다.

'여잔데? 여자 친구?' 하고 묻는 소리가 작게 들리더니 잠시 후 동휘 오빠가 나왔다.

"나 레슨 받는 중인데. 무슨 일?"

"미안. 갑자기 찾아와서."

나를 뚫어져라 바라보는 동휘 오빠의 눈빛에 그만 말문이 막히고 말았다.

"하연수, 보기보다 대담하네. 다시 나를 볼 생각을 하다니."

동휘 오빠의 말투는 여전히 차가웠다.

"나도 고백할 게 있어. 사실 나 아직은, 여자가 아, 아니야."

"무슨 뜻이야?"

"그러니까 난, 글래머도 아니고 아직 초경도……."

내 말에 동휘 오빠는 한참 눈을 깜박이더니 이내 쿡 웃음을 터트렸다. 내 딴에는 고해성사처럼 무거운 고백이었는데 오빠가 가볍게 생각하는 것 같아 얼굴이 확 달아올랐다.

"너 여자 맞아. 매력 있어. 그러니까 움츠리지 말고 좋아하는 사람 있으면 당당히 고백해."

동휘 오빠의 목소리는 한결 부드럽게 바뀌어 있었다.

"나 내일 일본으로 떠나. 이모 댁에서 한동안 음악 공부 하면서 재활 치료 받을 예정이야."

당당히 고백하라 해 놓고 오빠는 내 고백을 미리 차단하고 있었다. 나는 고개를 떨궜다. 무릎담요 밖으로 삐져나온 오빠의 가지런한 발가락이 보였다. 눈물이 핑 돌았다.

"오빠, 곧 기타 대회 나가지? 좋은 결과 얻길 바랄게."

눈물을 들킬까 봐 얼른 돌아서서 엘리베이터 버튼을 눌렀다.

"연수야, 고마워."

동휘 오빠가 휠체어를 굴리며 등 뒤로 다가오더니 차가운 내 손을 잡았다.

'하연수는 지금 이대로 가면 평생 짝사랑만 하게 된다!'

나는 나에게 저주를 걸었다. 그리고 그 저주를 풀기 위해 망설임 없이 돌아섰다. 동휘 오빠의 시선은 뜨겁게 나를 향하고 있었다. 나는 이끌리듯 몸을 숙였다. 떨리는 내 입술이 오빠의 입술을 덮쳤다.

"띵!"

엘리베이터 문 열리는 소리에 정신이 번쩍 들었다.

나는 열 오른 얼굴이 부끄러워 후다닥 엘리베이터에 올랐다. 문이 닫히는 순간, 상기된 동휘 오빠의 얼굴이 보였다.

아, 싱겁게 끝나고 만 내 첫사랑! 아니, 끝나지 않았다. 이건 끝이 아니라 잠시 보류인 거다. 동휘 오빠가 돌아오면 진짜 당당히 고백할 거다. 나는 자꾸만 흐려지는 눈을 비볐다.

똥배가 신호를 보내며 더 아파 왔다. 당장 화장실에 가지 않으면 또 며칠을 못 가게 될지 모른다. 일층으로 내려오자마자 상가 화장실을 향해 뛰어갔다. 화장실 문을 막 여는 순간 무언가 따뜻한 것이 질금 흐르는 느낌이 들었다.

'혹시?'

후다닥 바지를 내리고 보니 검붉은 핏방울이 팬티에 스며들면서 빨갛게 번지고 있었다. 아, 그토록 기다렸던!

나는 변기에 앉아 지윤이에게 전화를 걸었다. 은찬 오빠와 지윤이는 동휘 오빠네 집이 아니면 항상 이 근처에서 데이트를 하곤 했다. 역시나 근처에 있을지 모른다는 내 예상은 적중했다.

"뭐? 동휘 오빠네 아파트 상가 화장실로, 생리대를 갖다달라고?"

지윤이는 황당하다는 듯 되물었다.

"너 그동안 나한테 빚진 거 다 잊었어? 갖고 있는 거 없으면 편의점에서라도 후딱 사 오니까!"

나는 당당히 소리쳤다. 내 목소리가 텅 빈 화장실에서 우렁우렁 울렸다. 지윤이는 십 분 이내로 뛰어오겠다고 했다.

그때 어떤 아저씨의 굵직한 노랫소리가 들려오다가 천천히 멀어졌다. 아빠가 자주 부르곤 하는 노래였다. 영어와 우리말을 섞은 노랫말이 촌스럽다고 생각했는데 나도 모르게 그 멜로디가 자꾸 혀 밑에서 꿈틀거렸다.

"브라보, 브라보 마이 라이프 나의 인생아! 지금껏 달려온 너의 용기를 위해!"

지윤이의 발자국 소리를 기다리며 씩씩하게 흥얼거렸다. 이대로 십 분이 아니라 삼십 분, 아니 한 시간이라도 기다릴 수 있을 것 같았다. 내 첫 생리혈을 받아 줄 희고 뽀송뽀송한 생리대를.

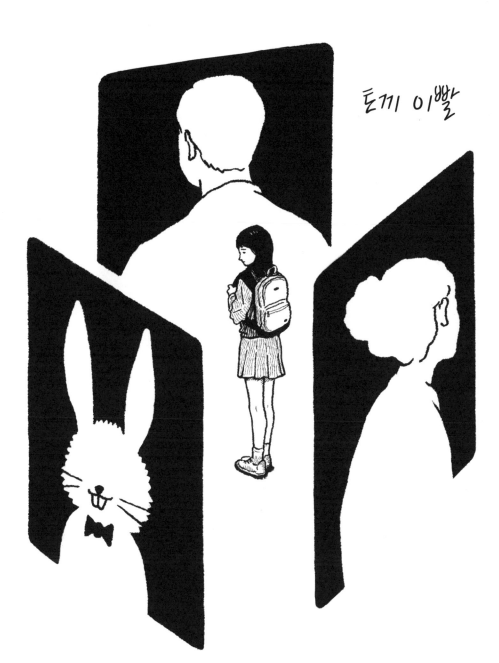

토끼 이빨

토끼 이빨

나는 버림받았다. 그것도 두 번씩이나. 내 존재의 기원에 베일을 씌워 준 생물학적 아빠로부터 한 번, 자신의 유전자를 나에게 눈곱만큼도 물려주지 않았으므로 더 홀가분하게 떠날 수 있었을지 모를 엄마의 첫 남편이자 법적인 아빠로부터 또 한 번.

나의 탄생이 필연이었고 엄마가 이혼한 게 나 때문이 아니라고 해도 내가 버림받았다는 건 부정할 수 없는 사실이다. 그런데 하늘도 무심하시지, 두 번도 모자라서 나는 이제 세 번째 버림받을 위기에 처해 있다. 바로 엄마로부터 말이다.

아침부터 엄마는 사뭇 심각한 얼굴로 내게 물었다.

"구희야. 만약에 말인데, 엄마가 갑자기 죽으면 너 혼자 살 수 있겠니?"

결국 올 것이 오고야 만 건가? 엄마의 조건부 질문을 듣는 순간 애써 누르고 있었던 불안이 고개를 쳐들었다.

"엄마 갱년기야? 아침부터 웬 뜬금포?"

아무렇지 않은 척했지만 고데기를 든 손이 떨리는 건 어쩔 수 없었다.

며칠 전 잠깐 엄마의 노트북을 사용하다 우연히 엄마의 일기를 발견했다. '마흔 아홉의 비망록'이라는 이름으로 저장된 폴더였다. D드라이브 속 여러 경로를 통해 꼭꼭 숨겨 둔 걸 보면 뭔가 대단한 비밀이라도 감춰 둔 것 같았다. 그 안에 무엇이 씌어 있을지 궁금해졌다. 초등학생 때 숱하게 내 일기를 훔쳐보곤 했던 엄마를 떠올리며 일말의 죄책감을 털어 버리고 폴더를 열었다.

'도저히 믿을 수 없다. 내가 암이라니, 구희를 두고 어떻게⋯⋯.'

어이없게도 첫 페이지의 문장은 이렇게 시작되고 있었다. 건강 검진에서 우연히 발견된 위암이 2기라고 했다. '도저히 믿을 수 없다'는 문장은 그것을 믿지 않을 수 없게 만드는 아이러니를 가지고 있었다. 엄마의 강한 부정이 무서워서 마우스 스크롤을 내리는 손가락이 바들바들 떨렸다.

"천구희, 네 거 두고 자꾸 엄마 노트북에 손댈 거니?"

화장실에서 나온 엄마가 못마땅한 얼굴로 쏘아붙였다.

"아, 알았어. 미안. 아무것도 안 했어."

얼른 파일을 닫고 종료 버튼을 눌렀다. 내가 엄마 노트북을 쓰고 나면 꼭 악성코드나 바이러스에 감염되어 있다며 엄마는 손도 못 대게 했다.

'말도 안 돼. 아닐 거야, 아닐…… 아니, 그렇다면 대체 이 글은 뭔데?'

나는 혼돈에 빠져 엄마를 바라봤다. 엄마는 애지중지하는 노트북을 탁, 소리가 나게 덮었다.

최근 엄마의 행적을 곰곰이 되짚어 보았다. 다이어트를 하는 나를 앞에 두고도 혼자 꿋꿋이 야식을 시켜 먹던 식욕 왕성한 엄마였다. 막장이라고 힐난하면서도 일일 연속극 시간만 되면 텔레비전 리모컨을 쥐고 놓지 않는 것도 그대로였고, 아침 여섯 시면 어김없이 일어나 수영장에 가는 것도 평소의 패턴과 다를 것이 없었다. 이런 엄마가 어떻게 암 환자일 수 있단 말인가? 엄마의 비밀을 공유한 죄로 나는 혼자 며칠을 끙끙 앓았다.

"너한테 언니나 동생이 있다면, 엄마가 없어도 덜 외롭겠지?"

엄마는 조건부 질문을 두 번째 던지면서도 평정심을 잃지 않았다. 엄마가 이렇게 매정한 사람이었던가?

"설마, 때늦은 동생이라도 입양해 주려고 묻는 거라면 노 땡큐.

난 외동딸이라는 권력을 버리고 싶은 마음은 없거든."

쿨하게 받아쳤지만 목소리가 떨렸다. 아무래도 엄마가 암에 걸렸다는 고백을 하려고 먼저 운을 떼는 것 같았다. 나는 절대로 암을 내 현실로 불러올 수 없었다.

"이러다 지각하겠다. 나 먼저 나갈게!"

나는 엄마의 다음 말을 피해 얼른 가방을 들고 도망쳐 버렸다.

우울하게 시작했던 하루는 생물 시간에 절정에 이르고 말았다. '생식과 발생'이라는 단원을 배우는데 갑자기 아빠라는 단어가 나를 괴롭히기 시작했다. 그간 내게 어떤 감정도 불러일으키지 않았던 존재가 궁금해지고 말다니, 이게 다 엄마의 비망록 때문이다.

사실 조금 솔직해지자면 사춘기의 감정선에 막 올라탔을 때 잠시 아빠라는 단어를 곱씹은 적이 있었다. 하지만 적어도 그땐 이렇게 혼란스럽지는 않았다. 엄마가 죽고 나 혼자 남겨질지도 모른다는 위기감이 지금 내 이성을 송두리째 흔들고 있는 것이다.

의대생들이 정자 기증을 많이 한다는 '카더라 통신'을 인터넷에서 본 적이 있다. 그렇다면 일말일지언정 내 생물학적 아빠가 의사일 가능성을 배제할 수 없다. 어쩌면 내가 방문한 어느 병원에서 이미 마주쳤을지도 모른다. 그보다 더 지독한 운명의 장난에 걸려든 경우라면, 학교에서 매일 보는 선생님들 중 한 명이 아빠

일 수도 있다. 끔찍하게도 만원 버스 안에서 나를 성추행하려고 했던 치한이 아니란 법도 없다.

엄마는 내가 두 남녀의 온전한 사랑의 결정체가 아니란 사실을 일찍 깨우쳐 주었다. 그때 그다지 충격을 받지 않았던 이유가 그저 내가 어린 탓이었는지, 엄마의 말투가 너무 담담해서였는지 잘 모르겠다. 어쨌든 내 기원의 절반이 암실 속 야동으로부터 시작됐다는 것은 변함없는 사실이다.

정말 엄마가 나를 버려두고 떠나면 어떡하나? 생물학적 아빠를 찾아내 구차하게 내 인생에 대한 책임을 따져야 하나? 그렇다고 나와 생물학적으로 일 퍼센트의 연결고리도 없는, 얼굴도 기억이 안 나는 엄마의 전 남편을 찾을 수도 없는 일.

"안 돼, 안 돼!"

눈을 질끈 감고 머리를 흔들었다. 내 유전자는 백 퍼센트 엄마로부터 받은 것이다. 엄마가 없는 세상은 생각할 수 없다.

"수업 끝난 걸 이렇게 아쉬워하다니. 그런 의미에서 칠판은 구희가 닦아 줄래?"

쉬는 시간을 알리는 종소리가 울리고 있었다. 아이들이 어이없다는 듯 내게 웃음을 날리고 있었다. 나는 분필 가루를 뒤집어쓰며 박박 칠판을 닦았다. 엄마 잃은 신데렐라가 된 기분이었다.

"엄마 열흘 정도 미국에 좀 다녀와야겠다."

'마트 다녀올게'라고 말할 때처럼 무덤덤한 얼굴이었다. 하지만 나는 진짜 올 것이 왔다는 생각에 가슴이 덜컥 내려앉았다.

엄마는 미국 펜실베이니아에서 십 년간 유학생활을 한, 이른바 폼 나는 과거가 있는 사람이다. 그 화려한 과거를 발판으로 현재 외국계 회사에 다니고 있으며, 일 년에 쓸 수 있는 유급 휴가가 무려 한 달 이상 된다. 그 덕에 방학이면 나는 엄마를 따라 지칠 만큼 여행을 다닐 수 있었다.

"가, 갑자기 미국엔 왜?"

"작년에 우리 집에 온 엄마 친구 라일라 있잖아. 와, 그 친구가 결혼을 한대! 멋지지? 기왕 가는 김에 몇 군데 더 들러서 보고 싶었던 사람들도 좀 만나려고."

엄마 얼굴이 몹시 과장되어 보였다. 엄마의 모든 말, 모든 행동들이 다 절벽을 향해 걸어가는 양처럼 느껴졌다.

나를 보자마자 '큐트'를 연발하며 숨 막히게 끌어안았던 엄마의 친구 라일라. 대학교 때 엄마의 룸메이트였는데 외할머니가 한국인이라 우리나라에 대한 애정이 남다르다고 했다. 내가 놀랐던 건 라일라가 오래 전에 떠난 사랑을 마흔 중반의 나이에 가슴에서 지우고, 새로이 연애 중이라는 사실이었다. 그 말에 엄마가 무척이나 반가워했던 게 생각났다. 그때 엄마가 라일라의 결혼식을 보는 게 소원이라고 했던가?

버킷리스트. 불쑥 그 단어가 떠올랐다. 어쩌면 엄마가 죽음을 준비하며 버킷리스트를 하나씩 지워 가고 있는지도 모른다는 생각이 들었다.

"엄마 없는 동안 이모네 건너가 있어."

"그냥 집에 있을래."

이모 집은 엎어지면 코 닿을 데 있는 우리 아파트 옆 동이다. 혼자 있는 게 싫으면 언제든 건너가면 그만이다.

"그럼 친구라도 데려와서 자. 잘 때 문단속 잘 하고."

엄마 말에 갑자기 눈물이 날 것 같았다. 왈칵 눈물을 쏟으면 엄마는 내가 모든 사실을 알았다는 걸 깨닫고 굳어 버릴 것만 같았다. 그러면 엄마의 버킷리스트는 그저 낙서로 남고 말겠지. 나는 얼른 내 방으로 들어와 버렸다.

그래, 내 앞에 닥쳐온 현실을 조금만 더 유예하는 거다. 나도 엄마의 병을 받아들일 시간이 필요하니까.

오래전부터 계획해 두었던 것처럼 엄마는 여행 가방 한 개와 노트북을 들고 미국으로 떠났다. 그리운 친구와의 재회가 아니라 어쩐지 부고를 듣고 가기라도 하는 것처럼 침울해 보이기까지 했다. 그런 엄마가 조금 걱정이 되었다.

나는 엄마가 떠나자마자 버스를 타고 대형 서점으로 갔다.

평소 눈길조차 주지 않았던 건강 관련 진열대는 이제 보니 꽤 넓은 자리를 차지하고 있었다. 긴장되는 마음을 진정시키며 진열 대를 천천히 돌았다. 관심 없는 척 애써 다른 쪽으로 눈길을 주면서. 하지만 결국 한 권 한 권 뒤적이기 시작했다. 다이어트, 요가, 근육운동 가이드, 수지침, 경락 마사지 등 실행에 옮기기만 하면 백 살은 거뜬히 살 수 있을 것 같은 책들……. 그러다 누구도 사고 싶지 않을 것 같은 '암 완전정복'이라는 제목의 두꺼운 책을 사 들고 도망치듯 집으로 돌아왔다.

한의사인 저자는 시한부 판정을 받은 후 명상과 자연요법을 통해 7년 만에 위암 완치 판정을 받은 사람이었다. 그는 처음에 몸에 깃든 암을 인정하지 못하고 날마다 술만 마셨다. 어느 날 아침 밤새 자기가 토해 놓은 토사물을 보면서 문득 암이 아닌 절망으로 먼저 죽을지도 모른다는 생각이 들었다고 했다. 결국 암은 싸워 이길 대상이 아니라 알아 가야 할 친구로 받아들여야 극복할 수 있다는 깨달음에 이르렀단다.

"에잇!"

서문을 읽다 말고 구석으로 던져 버렸다. 엄마는 병리학에 해박한 의사도 아니고 모든 것에 초연할 수 있는 도인이 아니지 않은가? 생명을 갉아먹는 암을 어떻게 친구로 받아들일 수 있다는 말인가? 내가 알고 싶은 것은 암과 처절하게 싸워 이기는 법이었다. 싸워 이겨야 할 대상을 친구로 만들라는 건 도인이 되어야 한다는 말과 다를 게 없었다. 당장 저자에게 달려가 따져 묻고 싶었다. 당신을 살린 게 따로 있지 않냐고. 명상, 자연요법, 평정심, 긍정 그따위 뜬구름 잡는 소리 말고 진짜를 말해 달라고!

무릎에 얼굴을 묻고 있는데 도어락 누르는 소리가 들렸다.

"다 큰 애가 겁도 없이. 엄마 올 때까지 혼자 있을 작정이야?"

내가 건너가지 않으니 기어이 이모가 건너왔다. 들고 온 반찬 두어 가지를 냉장고에 넣어 두고는, 아무래도 미덥지 않은지 이모 집으로 가자고 했다.

"나도 혼자 있고 싶을 때가 있거든."

"하여튼 누구 딸 아니랄까 봐 쇠고집이야 아주."

내가 시큰둥한 반응을 보이자 이모는 눈을 흘기며 일어났다.

"이모, 잠깐만."

나는 나가려는 이모를 급히 돌려세웠다.

"왜?"

"혹시, 나한테 해 줄 말 없어?"

"해 줄 말? 무슨 말?"

이모는 동그랗게 뜬 눈을 두어 번 깜박였다.

"아니 뭐, 그러니까…… 엄마에 대해서 나한테 뭐 숨기는 거 없냐고."

"천구희. 이모 머리 나쁜 거 모르니? 궁금한 게 있으면 그냥 콕 찍어서 물어."

"아, 아니야. 됐어."

"어머어머어머! 혹시, 네 엄마 연애하니?"

별안간 이모가 호들갑을 떨면서 다시 거실로 발을 들였다.

맙소사, 이모의 촉이 예기치 않은 곳으로 뻗는 걸 보니 엄마는 이모에게도 말하지 않은 모양이다.

"맞구나? 그치?"

남자 친구라도 만들라고 늘 잔소리인 이모 얼굴이 단박에 환해졌다. 이모가 둔한 건지 엄마의 연기력이 뛰어난 건지 모르겠다. 아무것도 모르는 이모가 얄미워졌다. 그래도 엄만 이모한테 하나뿐인 언니인데…….

"앤, 뭐가 그리 심각해? 엄만 여자야. 마흔아홉이면 아직 한창인 나이라고."

한창인 나이. 이모의 말을 속으로 되뇌었다.

'맞아 이모. 엄만 아직 한창인 나이에 암에 걸렸어. 동생인 이모에게도, 딸인 나에게도 말 못 하고 혼자 끙끙 앓고 있는 거라고.'

가슴 속에서 알 수 없는 화가 치밀어 올랐다.

"아, 짜증나. 이모 그만 가!"

"아유, 간다 가. 제발 더 늦기 전에 니네 엄마 시집 좀 보내자,
응?"

이모는 억지로 떠밀려 나가면서도 할 말을 끝까지 했다. 내가
신경질적으로 구는 이유가 바로 엄마가 연애를 하고 있는 증거라
고 믿는 모양이었다.

엄마가 돌아왔다. 엄마는 시차를 극복하자마자 노트북을 끼고
앉아 키보드를 두드리기 시작했다. 비망록을 이어서 쓰는 걸까?
좋아하는 드라마도 잊은 채 엉덩이를 붙이고 앉아 좀처럼 일어나
지 않았다. 어떤 소명을 수행하는 장인처럼 경건하기까지 한 엄
마의 모습은 차라리 몸부림 같았다. 얼마 남지 않은 생의 기록을
하나도 빠짐없이 적어 내고야 말겠다는. 그런 엄마를 더 이상 견
뎌 내기 힘들었다. 이제 그만 두려운 현실과 마주하기로 했다.

"엄마, 나한테 할 말 없어?"

"응? 방금 뭐라 그랬니?"

엄마는 안경을 추어올리고 나를 쳐다보았다.

"엄마, 나한테 숨기고 있는 거 있잖아."

엄마의 눈빛이 미세하게 흔들렸다.

"나 다 알고 있으니까 솔직히 말해."

"뭘? 뭘 안다는 거야?"

"요즘 의학 뛰어나잖아. 위암 그까짓 거 아무것도 아니잖아!"

"뭐어? 위암?"

엄마는 울먹이는 나를 빤히 바라보았다. 그러다가 이내 알겠다는 듯 픽 웃었다. 세상에, 엄마가 진짜 도인이 된 걸까? 기어이 눈물이 비어져 나왔다.

"설마 너 엄마 노트북에 있는 글 읽었니?"

"미국 간 것도 그래서잖아. 아니야?"

"천구희. 그러니까 엄마 노트북 함부로 보지 말랬지?"

엄마는 노트북을 덮고 안경을 벗었다.

"지금 그게 중요해?"

"대체 어디까지 읽다 만 거니? 그건…….'"

"마흔 한 살의 비망록! 내 이름까지 있던데 아니라고 계속 시치미 뗄 거냐고?"

"이것 참. 소설은 네가 써야겠다."

엄마는 피곤하다는 듯 두 눈을 비벼 댔다.

"그건 말이야 감정이입, 그러니까 진짜 내 상황인 것처럼 쓰려고 일부러 일인칭으로…… 어휴, 내가 어쩌다 이걸 쓰게 됐는지 모르겠다. 아무튼 네가 본 앞부분은 다시 수정했어. 이름도, 시점도 다."

엄마는 얼굴을 붉히며 말을 더듬거렸다.

"무슨 뜻이야? 내가 본 게 픽션이라는 거야?"

그러자 엄마는 어깨를 으쓱해 보였다.

긴장이 탁 풀리면서 헛웃음이 나왔다. 일단 엄마가 암이 아니라는 안도감이 들자 그동안 혼자 마음 졸인 게 너무 억울해졌다.

"아, 뭐야! 감쪽같이 속았잖아!"

소리를 빽 지르는데 울음이 터져 나왔다.

"어머. 우리 딸 진짜 심각했나 보네. 미안, 미안해. 엄마가 이번에 미국에 간 건 라일라 결혼 때문이기도 했지만, 사실 다른 이유가 있었어."

내 어깨를 토닥이던 엄마는 노트북 가방 속에서 웬 사진 한 장을 꺼내 내게 내밀었다.

"이게 무슨 사진인데?"

모녀 사이로 짐작되는 아줌마와 긴 머리 여자애가 익살스런 표정으로 웃고 있었다.

"사진 속 그 여자가 내게 메일을 보내왔어. 그 여자 때문에 갑자기 이십대 때 품었던 엄마의 꿈이 꿈틀거렸다 할까."

꿈을 말하는 엄마의 표정이 꿈꾸듯 멍해 보였다.

나는 사진을 자세히 들여다보았다. 그제야 긴 머리 여자애의 못생긴 앞니 두 개가 눈에 들어왔다. 꽤나 놀림을 받았음직한 토끼 이빨. 여자애는 그것을 자신 있게 드러낸 채 활짝 웃고 있었다. 순간 이상한 기시감이 들었다. 여자애의 모습이 왠지 낯설지 않았다.

에이든 하우 박사님이 치료법을 바꾼 뒤로 엄마의 컨디션은 조금 나아졌다. 그것이 의미 있는 변화든 아니든, 나는 엄마가 붙잡고 있는 마지막 희망이 엄마의 기운을 북돋운 것이라고 믿었다.

그리고 그녀가 왔다. 엄마와 같은 동양인. 머리카락도 눈동자도 까만 그녀.

"오, 세상에! 정말로 와 주셨군요."

엄마와 그녀는 오랜만에 만난 자매처럼 진한 포옹을 했다. 감격스러워하는 엄마를 보니 가슴이 뭉클해졌다.

"반가워요. 딸은 학기 중이라 같이 못 왔어요."

"이해해요. 먼 길 오게 해서 미안해요."

"괜찮아요. 마침 제가 미국에 올 일이 있었어요."

엄마와 인사를 마친 그녀는 몸을 돌려 내게로 다가왔다. 나는 좀 멋쩍어서 그냥 미소만 지었다. 그녀는 놀란 표정으로 내게 손을 내밀었다. 설마 내가 자신의 딸과 쌍둥이처럼 닮기라도 한 걸까? 그녀의 딸. 이름이 구희, 라고 했던가.

"아멜리아, 엄만 절대 널 혼자 남겨 놓지 않을 거야."

입버릇처럼 말하곤 했던 엄마는 기어이 내 자매를 찾아내고 말았다. 엄마가 DSR(기증출산형제 찾기 사이트)에 내 정보를 등록한 뒤로 337일 만이었다. 처음으로 나와 정자 기증자 고유 번호가 같은 사람이 나타난 것이다.

놀랍게도, 내 친구 페기는 DSR을 통해 지금까지 여섯 명의 이복동생을 찾았다. 페기와 이복동생들은 페이스북을 통해 서로의 일상을 공유하며 끈끈한 형제애를 쌓고 있다고 자랑하곤 했다.

페기를 보며 나도 얼마 동안 설렌 게 사실이었다. 하지만 엄마의 삶이 내년을 기약할 수 없다는 것을 알게 된 뒤로 내 삶에 이복 오빠나 언니, 혹은 동생이 끼어들 틈은 없어졌다.

엄마를 잃고서 내가 누구에게 위로를 받을 수 있다는 말인가? 나는 혼자지만 절대 혼자가 아니다. 엄마가 나를 떠나더라도 엄마의 영혼은 언제나 내 안에 머물러 있을 테니까. 비록 완전한 가정을 이루지는 못했지만 엄마가 내게 준 사랑만큼은 완벽에 가까웠다. 내 삶은 엄마의 사랑만으로도 충만하다.

그럼에도 나와 정자 기증자 고유 번호가 같은 사람이 나타나 주길 바란 건, 그것이 엄마의 유일한 버킷리스트이자 엄마가 나에게 줄 수 있는 마지막 선물이라고 생각했기 때문이었다. 나는 엄마를 위해 기꺼이 선물을 받기로 했다.

"구희 사진을 보여 줄 수 있나요?"

엄마가 말했다.

그녀는 엄마 옆에 앉아 가져온 랩탑을 펼쳤다.

"구희는 아멜리아처럼 밝게 웃는 사진이 없어요. 스스로 가진 콤플렉스 때문이죠."

"어쩜! 내 딸 아멜리아와 꼭 닮았어요! 구희는 자신이 얼마나 예쁜지 알아야 해요. 꼭 전해 줘요. 활짝 웃으라고."

사진을 본 엄마 얼굴이 모처럼 환해졌다.

"맞아요. 당신 딸과 내 딸의 미소는 정말 똑같이 예뻐요."

똑같다고? 내겐 아빠가 없으므로 내 외모가 엄마를 닮았을 거라고만 생각해 왔는데. 구희와 내가 쌍둥이처럼 닮았다면 우리가 생물학적 아빠를 닮았다는 말이기도 하잖아? 기분이 묘했다.

"아멜리아, 너도 네 시스터가 궁금하잖니?"

엄마가 나를 향해 손짓했다. 엄마의 달뜬 표정이 달콤한 코튼 캔디 냄새처럼 나를 이끌었다. 어쩔 수 없이 구희가 조금, 아주 조금 궁금해지기 시작했다.

"와우, 여기 이 사진!"

엄마가 탄성을 질렀다.

"아, 있네요. 보기 드문 표정."

엄마와 그녀는 마주 보며 웃음을 터트렸다.

나는 얼른 엄마 옆으로 다가가 고개를 들이밀었다. 좀처럼 활짝 웃지 않는다는 구희가 랩탑 모니터 속에서 어딘가를 보며 활짝 웃고 있었다. 순간, 나도 모르게 풋 웃음을 터트리고 말았다. 구희는 나와 별로 안 닮아 보였다. 다만 커다란 토끼 이빨이 쌍둥이처럼 닮았을 뿐이었다.

"정말 놀랍지 않니?"

엄마는 행복한 얼굴로 나를 바라보았다.

시스터, 마이 시스터. 혀로 가만히 단어를 굴려 보았다. 낯설기만 했던 단어가 어느새 내 혀에 착 감겨들었다.

엄마 말대로 암에 걸린 엄마를 둔 딸 아멜리아로 시점을 바꾼 소설은 여기까지 전개되어 있었다. 그러니까 엄마는 나와 같은 정자를 기증받아 태어난 아멜리아의 이야기를 소설로 만든 것이었다.

"네게 어떻게 말을 꺼낼까 고민했는데. 이젠 이 소설을 어떻게 마무리 지어야 할지만 고민하면 되겠네."

엄마는 내 눈치를 살피며 슬며시 노트북을 덮었다.

"뭐야, 미국에 동생인지 언닌지 모를 시스터가 있으니 나더러 기뻐하라는 거야?"

내 생물학적 아빠가 미국인이든 한국인이든 이제 와서 그게 중요한 건 아니었다. 새삼스럽게 엄마에게 배신감을 느꼈다고 할수는 없었다. 하지만 뭐라 설명할 수 없는 복잡한 감정이 머릿속을 마구 헝클어뜨렸다.

"정확히 말하면 네가 석 달 차이로 동생이야. 아멜리아도 너랑 같은 해에 태어났더라고."

"근데 말이 안 되잖아. 정자 기증자가 미국인이란 말인데 왜 난 한구석도 미국 사람 같지 않은 거야?"

생각해 보니 진짜 이상했다.

"미국인이라고 다 노랑 머리에 파란 눈이라는 법 있니? 엄만 널 한국에서 키울 생각이었어. 그래서 동양인의 정자를 원했던 거야."

엄마는 내가 왜 평범한 동양인의 외모를 가졌는지 이해시켜 주었다.

"그럼 얘는? 얘는 어떻게 된 건데?"

"잘 봐. 머리만 염색했을 뿐 아멜리아도 동양인의 외모잖아. 엄마가 대만인이라 그랬는지, 그쪽도 동양인의 정자를 원했던 모양이더라."

나는 탁자 위에 놓인 사진 속 여자애를 다시 쏘아보았다. 정말 얘가 생물학적 내 자매라고? 하지만 우리가 닮은 구석이라곤 커다랗고 긴 앞니뿐이다. 옥수수 알갱이처럼 고른 엄마의 이를 닮지 못한 저주스런 내 토끼 이빨. 그걸 똑같이 가진 바니 시스터즈라니! 생물학적 아빠의 우성 유전자를 이렇게 확인하게 될 줄은 정말이지 꿈에도 생각하지 못한 일이었다.

“그 애 엄만 암에 걸려서라지만, 대체 엄만 이제 와서 왜 그 사이트에 등록한 건데?”

“넌 늘 궁금해했잖아.”

엄마는 나를 빤히 바라보았다.

“내, 내가 뭘?”

“엄마를 닮지 않은 너의 나머지 반쪽.”

갑작스레 허를 찌르고 들어오는 엄마 때문에 당황스러웠다. 내 안에서 짱짱하게 버티고 있던 무언가가 탁 허물어지는 느낌이었다. 나는 엄마의 시선을 피해 고개를 돌렸다. 사진 속 아멜리아는 여전히 활짝 웃고 있었다.

‘넌 뭐가 좋다고 그렇게 웃고 있냐? 못생긴 토끼 이빨 주제에.’

끝까지 빈정대 보았지만 나도 모르게 픽 새어 나오는 웃음은 어쩔 수 없었다.

나는 엄마가 소설을 완결 짓는 데 도움을 주기로 했다. 겨울방학에 맞춰 비행기 표를 예매했다. 이번 여행은 그냥 여행이 아니란 생각에 자꾸만 긴장이 되었다.

외할아버지와 함께 마켓에서 사 온 ‘코리안 퍼’로 크리스마스 트리를 꾸몄다. 한국의 구회를 알고 나니 ‘코리안 퍼’라는 나무 이름도 내겐 더 특별하게 다가왔다.

한국의 학교는 크리스마스를 코앞에 두고 겨울방학을 한다고 했다. 그래도 참 다행이다. 엄마와 함께, 구희와 함께 크리스마스를 보낼 수 있어서.

시간이 갈수록 나는 자꾸만 어린왕자의 사막여우처럼 마음이 설레었다. 구희만 생각하면 행복해졌다. 구희가 오기로 한 날을 며칠 앞두고부터는 정말로 가슴이 두근거리고 안달이 나기 시작했다.

구희의 엄마와 구희는 공항 터미널에서 리무진 버스를 타고 찾아오겠다고 했지만 나는 두 사람의 고집을 기어이 꺾고 말았다.

드디어 23일이 되었다. 긴 밤을 뜬눈으로 지새우다시피 하고 새벽부터 일어났다. 검푸른 기운이 감도는 거리에 눈발이 흩날리고 있었다. 하늘에서도 축복을 내려 주는 것일까? 오늘만큼은 세상 모든 것이 나와 구희를 중심으로 흘러가리라!

외할아버지와 함께 공항으로 나갔다. 전광판은 아직 인천발 비행기의 도착을 알리지 않았다. 나는 전광판을 뚫어져라 바라보면서 그동안 수없이 연습한 인사말을 되뇌었다.

마침내 수많은 사람들 속에서 그 애가 걸어 나왔다. 나는 한눈에 구희를 알아볼 수 있었다. 생의 가장 기쁜 크리스마스 선물로 나를 향해 다가오고 있는 나의 시스터.

"아, 아녕하쎄요? 쿠희?"

서툰 내 인사말에 잘 웃지 않는다던 그 애가 쑥스럽게 웃는다.
나와 꼭 닮은 귀여운 토끼 이빨을 차마 감추지 못한 채.

팥쥐의 꽃신

산비탈 밭에 메밀 파종을 끝낸 팥쥐는 허리를 펴고 일어섰다. 부지런히 움직이던 그림자가 발치에 매달렸다. 핑그르르 어지럼 증이 돌았다. 어떻게든 며칠은 보리죽으로나마 버틸 수야 있겠지만 앞으로가 문제였다. 요샌 바느질감도 잘 들어오지 않으니 곧 바닥을 보일 쌀독을 채울 일이 막막했다.

집안 꼴이 엉망이 된 건 콩쥐가 김 감사 재취 자리로 시집간 뒤부터였다. 새아버지는 양반이랍시고 사서삼경만 읽었고, 콩쥐가 잘된 것을 못내 배 아파하던 어머니는 넉 달 만에 화병으로 세상을 뜨고 말았다.

그동안 콩쥐 덕에 놀기만 했으니 무얼 할 수 있겠냐고, 사람들은 팥쥐의 마음을 후볐다. 팥쥐는 정말로 아무것도 할 수 없었다.

시집가고 없는 콩쥐의 그늘에 갇힌 채 오래도록 옴짝달싹하지 못했다.

그런 팥쥐를 일으켜 세운 건 어린 동생 깨쥐였다. 어느 날 마당에 쭈그려 앉아 흙을 파먹고 있는 깨쥐를 본 순간 퍼뜩 정신이 들었다.

'메밀을 심자.'

메밀은 농사짓기도 수월하고 파종에서 수확까지의 기간이 다른 작물보다 짧다고 했다. 부지런하기만 하면 한 해 두 번을 심고 거둘 수 있을지도 모른다는 생각이 들었다.

빈둥거릴 때는 무료하기 짝이 없었던 하루가 반토막이라도 난 것처럼 짧았다. 아침에 눈을 뜨면 해는 정신없이 서녘을 향해 달려갔다. 어둑해져서야 부랴부랴 집으로 달려오면 깨쥐는 밤잠이 들 때까지 팥쥐에게 딱 붙어 떨어지지 않았다. 눈코 뜰 새 없이 바빠진 팥쥐는 그제야 콩쥐에게 고맙고 미안한 마음이 들었다. 그런데 김 씨 집안사람이 된 콩쥐는 변해도 너무 변했다. 착하다고 고집까지 없을까. 어쩌면 콩쥐는 어머니한테 겪은 설움을 꽁꽁 묶어 두고 풀지 못하는 건지도 몰랐다.

'독한 년. 내가 밉다고 제 아버지랑 깨쥐까지 미울까?'

콩쥐는 어머니가 돌아가셨을 때 잠깐 왔다 간 게 전부였다. 제 아버지가 몸져누웠다는 기별을 받았으면 탕약 한 첩이라도 보내

주어야 마땅하지 않은가? 한 달이 되어 가도록 감감무소식이니 변해도 그렇게 변할 수 있는가 싶었다.

새아버지는 어머니가 돌아가신 뒤부터 시름시름 앓기 시작했다. 어머니도 안 계신 마당에 내가 왜 의붓아버지를 모셔야 하나. 방 안에서 기침 소리가 새어 나올 때마다 불쑥불쑥 억울한 마음이 솟았다. 그렇지만 모두가 손가락질했던 어머니를 그저 감싸고 어여삐 여겼던 새아버지였다. 어머니를 잃은 상실감으로 득병한 새아버지를 모른 체할 수 없었다. 더구나 새아버지와 자신을 이어 주는 동생 깨쥐가 있었다.

팥쥐는 깨쥐를 생각하며 집으로 가는 발걸음을 재촉했다.

"힝, 힝."

토방 아래 쭈그리고 있던 깨쥐는 팥쥐를 보자마자 칭얼거렸다. 한창 토실토실 예쁠 네 살인데도 깨쥐는 좀처럼 살이 오르지 않았다. 어머니와의 정은 일찍 끊어지고 늙은 아버지마저 골골하니 깨쥐를 볼 때마다 맘이 저렸다.

팥쥐는 깨쥐 엉덩이를 토닥여 주고 부엌으로 들어갔다. 함지박에 미리 불려 둔 보리쌀을 드는데 쌀독에서 시커먼 것이 팔딱 뛰어나왔다.

"에구머니!"

하마터면 함지박을 엎을 뻔했다. 두꺼비였다.

가슴을 쓸어내린 팥쥐는 함지박을 바닥에 놓고 부지깽이를 들었다.

"이놈아, 물독도 아닌디 뭐 하러 들어갔냐?"

팥쥐는 부지깽이로 부엌 바닥을 탁탁 때렸다. 두꺼비는 눈도 깜짝하지 않았다.

"콩쥐한테나 가그라!"

콩쥐가 채워 놓은 독의 물을 벌컥벌컥 마시다가 느닷없이 튀어나온 두꺼비 때문에 소스라쳐 놀랐던 기억이 떠올랐다. 그 뒤로 두꺼비만 보면 약이 올랐다. 두꺼비뿐인가. 무엇이든 콩쥐를 생각나게 하는 것이면 화가 돋쳤다.

두꺼비를 쫓아낸 팥쥐는 불린 보리쌀을 맷돌에 넣고 들들 갈았다. 곱게 갈린 보리를 솥에 붓고 부싯돌을 당겨 불씨를 만들었다. 머리가 핑 돌 때까지 훅훅 입바람을 불자 솔가리에 간신히 불이 옮겨 붙었다. 솔가리를 한 줌 더 올리고 잘 마른 솔가지를 조심스럽게 얹었다. 불꽃이 너울너울 살아났다. 팥쥐는 그제야 옷고름으로 매운 눈을 몇 번 찍고는 바닥에 털버덕 주저앉았다.

'기별이 안 오믄 내가 가지!'

어쩌면 콩쥐는 그동안의 상처를 보상받고자 일부러 무심한지도 모른다.

'그래, 너를 위해 기꺼이 자존심을 버려 주마!'

굵은 솔가지를 뚝뚝 분질러 아궁이에 쑤셔 넣었다. 너울거리는 불을 보고 있노라니 부글부글 끓던 속이 차츰 가라앉는 듯했다.

피시식. 금세 물이 끓어 넘쳤다. 얼른 솥뚜껑을 벙그리고 찧어 둔 쑥을 털어 넣었다. 금세 진한 쑥내가 퍼졌다. 부엌문을 여닫으며 놀던 깨쥐도 코를 큼큼거렸다.

콩쥐를 찾아가리라 마음을 먹었지만 쉽사리 발이 떨어지지 않았다. 하루, 이틀, 사흘을 망설이다 보니 정말로 쌀독이 바닥을 보이기 시작했다.

'그려. 나 혼자 몸이라믄 찾아갈 일도 없다. 가자!'

팥쥐는 아껴 둔 곶감을 깨쥐 손에 쥐어 주었다. 따라가겠다고 칭얼거리던 깨쥐는 고집을 꺾었다. 콩쥐를 보러 간다는 말에 새아버지도 사립문 밖까지 나와 배웅을 해 주었다.

왕복 삼십 리가 안 되는 길이니 잰걸음으로 반나절이면 족할 것이다. 언니가 오기만을 기다릴 깨쥐 생각에 마음이 급했다. 팥쥐는 누가 힐끔거리거나 말거나 치마폭을 부여잡고 걸음을 재게 놀렸다.

야트막한 고개를 넘어 넓은 개울을 절반쯤 지날 때였다. 건너편에서 호령 소리가 들려왔다.

"물렀거라!"

얼핏 봐도 지체 높은 양반님 댁 행차였다. 가마를 어깨에 멘 하인들이 철퍽철퍽 발을 담그며 개울을 건너오고 있었다. 팥쥐는 징검돌 위에서 오도 가도 못한 채 두리번거렸다.

"어허, 물렀거라!"

곱게 차려입은 오늘만큼은 누가 봐도 양반가의 규수로 보일 테지만 징검돌 옆에 바짝 붙어 건너오는 가마를 맞닥뜨릴 순 없었다. 급한 성질대로 장딴지를 내보이고 개울로 들어가 멀찍이 피할 수도 없었다. 하는 수 없이 되돌아서 치맛자락을 잡고 징검돌을 건너뛰기 시작했다. 그런데 거의 다 되돌아왔을 즈음, 그만 발부리가 걸리면서 꽃신 한 짝이 벗겨지고 말았다.

"이를 어째."

떠내려가는 꽃신을 바라보며 발을 굴렀다. 가마는 벌써 개울 중간을 건너오고 있었다. 꽃신은 다행히 돌 틈에 걸려 멈췄다. 팥쥐는 꽃신이 걸린 자리를 눈짐작해 두고 일단 버드나무 뒤로 몸을 숨겼다.

가마가 지나가고 호령 소리가 멀어진 뒤에야 다시 개울로 내려갔다. 남은 꽃신 한 짝과 버선을 벗어 놓고 텀벙텀벙 발을 담그며 꽃신이 걸린 돌 앞으로 다가갔다.

"아이고, 큰일 났네!"

분명히 그 돌이 맞는데 꽃신이 보이지 않았다. 두리번거리며 정신없이 아래쪽으로 내려갔다. 그새 떠내려가 버렸을까? 아무리 눈을 크게 뜨고 봐도 보이지 않았다.

어머니가 마지막으로 지어 준 꽃신이었다. 콩쥐가 김 감사한테 시집을 가게 된 건 꽃신 때문이었다고, 고운 꽃신을 신으면 팥쥐도 좋은 집으로 시집갈 수 있을 거라고…….

어머니가 돌아가시자 차마 신지 못하고 아껴 둔 꽃신이었다. 하루 종일 일만 하는 신세가 된 뒤로 신으려야 신을 수 없었던 꽃신. 그 꽃신을 콩쥐를 만나러 가기 위해 꺼내 신은 것이었다.

"우와, 이쁘다! 울 언니 좋아!"

오랜만에 고운 한복까지 차려입은 언니를 본 깨쥐 눈은 동그래졌다. 그 말에 왈칵 설움이 올라왔다. 못생긴, 괴팍한, 사내 같은……. 팥쥐를 수식하는 그 어떤 부정적인 말도 깨쥐는 알지 못했다. 땀에 전 언니의 저고리 섶에 얼굴을 묻고도 좋아하는 네 살 깨쥐. 그런 깨쥐에게 팥쥐는 세상에서 최고로 고운 언니였다.

'이럴 줄 알았으면 한 번이라도 꺼내 신었을 텐디…….'

끝내 꽃신을 찾지 못한 팥쥐는 허청허청 개울을 건넜다. 어머니가 보고 싶으면 한 짝이라도 꺼내어 두고두고 볼 수 있을 것이다. 그나마 한 짝만 잃어버린 걸 다행이라 여기며 마음을 다독였다.

다시 걸음을 재촉했다. 꽃신 때문에 시간을 지체한데다 짝발이라 속도가 나지 않았다. 궁리 끝에 길가 산비탈로 막 뻗어 내려오기 시작한 칡덩굴을 잡아당겨 뜯었다. 버선을 벗고 칡잎을 여러 장 포개어 발을 감쌌다. 칡덩굴로 친친 감아 주고 나니 서문까지 가기에 무리는 없어 보였다.

드디어 서문 안으로 들어섰다. 물어물어 김 감사의 집을 찾았다. 김 감사의 집은 대문부터 으리으리했다. 아무나 못 들어가는 대갓집이라는 듯 높은 솟을대문이 위용 있게 솟아 있었다.

'다 똑같은 사람인데 격이 따로 있나? 내 못 들어갈 일 없다!'

팥쥐는 옷매무새를 가다듬고 어깨를 폈다.

"계시오? 안에 누구 계시오!"

우렁우렁 목청을 높이니 대문이 삐꺽 열리며 하인이 나왔다.

"뉘시오?"

굽실거리며 나온 하인은 팥쥐를 보더니 이내 낯을 찡그렸다.

"마님 계시오?"

"누구신디 우리 마님을 찾으신다요?"

"친정에서 아우가 왔다 일러 주시오."

"참말이신게라? 암만 봐도 우리 마님이랑은 영 딴판……."

"사람을 세워 놓고 이게 무슨 무례요? 냉큼 이르지 못 하겠소!"

"아이고 예, 예. 쪼까 기둘리시요잉!"

팥쥐의 고함에 놀란 하인은 부리나케 안으로 뛰어갔다. 그리고 잠시 후 허리를 수그리며 팥쥐를 안채로 안내했다.

"마님, 뫼셨습니다요."

"들어오시라 하게. 곱단이한테는 다과상 좀 내오라 이르소."

안에서 콩쥐 목소리가 새어 나왔다.

"예, 마님."

하인은 방으로 들어가 보라는 손짓을 해 보이고 물러났다.

팥쥐는 방문을 올려다보며 아랫입술을 지그시 깨물었다. 버선발로 뛰어나오리란 기대는 안 했지만 얼굴을 내밀고 반가운 척이라도 할 줄 알았다.

애써 노여움을 삭이며 마루에 걸터앉아 오른 발을 싼 칡덩굴을 풀어냈다. 짓이겨진 칡잎을 떼어 낸 뒤 옆구리에 끼고 온 버선을 신었다.

"동생 왔는가? 어서 앉소."

방으로 들어서자 콩쥐는 그대로 보료에 앉은 채 건너편 방석을 가리켰다.

"그간 잘 있었는가?"

"서, 성님도…… 잘 계셨소. 크음, 큼."

팥쥐는 억지로 헛기침을 했다. 입에 익지 않은 말이 여간 어색한 게 아니었다.

나이로는 한 살 차이지만 실제로는 석 달밖에 차이가 안 나는 콩쥐를 성이라 부르고 싶진 않았다. 묵묵히 일만 하는 콩쥐와 마주 앉아 얘기할 �짬도 없었거니와 존대를 하지 않는다고 나무라던 어머니도 아니었다. 하지만 꼬마 신랑도 혼인을 한 순간 어른 대접을 해 주는 것이 도리였다. 그러니 대갓집 마님이 된 콩쥐에게 손아랫사람으로서의 예를 차리지 않을 수 없는 것이다.

"아버지는 잘 계신가? 동생이 고생이 많네."

"몸져누운 양반이 잘 계실 수가 있겠소?"

"몸져누우시다니? 그게 뭔 말이당가?"

눈을 휘둥그레 뜬 콩쥐가 팥쥐를 향해 몸을 당겨 앉았다.

"기별을 못 들은 것처럼 으째 그리 놀란다요? 대궐 같은 집에 살고 있음서 탕제 한 첩 보내 주는 것이 그리 어렵습디까?"

팥쥐는 작정하고 서운한 말을 쏟아 냈다.

"맺힌 게 있다고 해도 다 지난 일 아니오? 깨쥐만 아니믄 내가 시방이라도 고향으로……."

말은 그렇게 했으나 사실 돌아갈 고향은 없었다. 첩의 여식이라는 굴레를 씌운 곳이었고, 아버지라 부르지 못했던 생부가 죽자마자 어머니와 자신을 내친 곳이었다. 그곳은 파헤쳐질까 두려운 과거의 무덤이었다.

"내 무어라 할 말이 없네."

콩쥐는 변명 한마디 하지 않고 한숨만 내쉬었다.

이건 또 무슨 경우인가! 팥쥐는 적잖이 당황스러웠다. 어떤 멸

시를 주어도 당당히 받아 주마 일부러 큰소리를 쳤건만, 죄인처럼 고개를 숙이는 콩쥐를 보니 그만 맥이 빠지고 말았다.

김 감사에게 시집가는 콩쥐를 두고 사람들은 착한 심성에 천지신명이 복을 내린 거라며 입을 모았다. 황소가 자갈밭을 갈아 주고, 선녀가 내려와 베를 짜 주었다는 허무맹랑한 말들은 진실이 되었다. 하지만 팥쥐는 착한 심성 때문에 콩쥐가 복을 받았다는 말을 온전히 수긍할 수 없었다. 만약 콩쥐가 마맛자국으로 우묵우묵 얽은 얼굴이었다면 사람들이 그렇게까지 칭송했을까? 꽃신의 주인이 팥쥐였다면 김 감사가 혼인하자고 했을까? 제아무리 착하다 해도 눈에 띄는 빼어난 얼굴이 아니었으면 불가능할 일이었다.

반면 팥쥐는 곱게 차려입을수록 심술맞게 불거진 광대뼈가 더 도드라져 보이는 얼굴이었다. 마음을 어질게 쓰려고 하면 다들 시커먼 저의가 있으려니 믿었다. 대놓고 콩쥐와 자신을 비교하는 사람들의 시선을 견뎌 내는 방법은 악해지는 것이었다. 생긴 모습대로, 사람들이 으레 기대하는 대로 행동하는 것만이 자신을 지키는 일이었다.

'대체 무엇을 더 가져야 한단 말이냐?'

팥쥐는 넋을 빼고 앉아 있는 콩쥐를 힘주어 노려보았다. 이제 행복한 얼굴로 마음껏 거드름을 피워도 부족할진대 눈가에 어린

수심이라니. 이상하게 마음이 엉클어졌다. 무거운 침묵 사이로 창호문을 뚫고 들어온 햇살만 켜켜이 쌓였다.

"마님, 곱단이 들어가는구먼요."

때마침 다과상이 들어왔다. 알록달록 자개가 박힌 작은 상에 약과와 식혜가 놓여 있었다. 체면없이 침이 고였다.

"시장헐 텐디 우선 요것 좀 드소."

"통 기별이 없어 찾아왔소. 깨쥐가 목 빼고 기다리고 있을 것잉게 일어날라요."

팥쥐는 다과상을 외면하고 일어섰다.

"알았네."

빈말이라도 더 앉았다 가라는 말이 없었다. 입술을 굳게 닫은 얼굴에 알 수 없는 냉기마저 서렸다. 애먼 곱단이가 눈치를 보며 우물쭈물했다.

'굶어 죽어도 너에게 의지하지 않을 테다.'

팥쥐는 상처 난 자존심을 일으켜 세웠다.

"아씨, 아씨!"

마당쇠에게 짚신 한 켤레를 청해 신고 나오는데 곱단이가 부르며 쫓아왔다.

"깨쥐 애기씨 드리라고 허시네요. 약과랑 곶감 좀 담았어라."

곱단이는 요리조리 눈치를 보더니 작은 보자기를 들이밀고 황

급히 들어갔다.

'오냐, 깨쥐 때문에 참는다.'

팥쥐는 안채를 노려보며 내팽개치고 싶은 마음을 간신히 억눌렀다.

아침 일찍 밭에 다녀온 팥쥐는 밀린 빨랫감을 들고 개울로 갔다. 처녀들 셋이 건성건성 빨래를 주무르며 수다를 떨고 있었다.

"나도 아부지 졸라 한 짝이라도 지어 달라고 해야 쓰겄어. 다들 꽃신을 한 짝만 지어 간다드랑께."

"호호! 갖바치 영감만 좋은 일 났네."

"울 엄니는 장날 분이라도 꼭 사 주마고 하시드라."

"오메, 좋겠다잉!"

팥쥐가 다가앉으니 달뜬 얼굴로 떠들던 처녀들이 자리를 고쳐 앉으며 딴청을 피웠다.

"누군 요번에도 자기 꽃신이라고 생떼를 쓸랑가?"

"낯짝이 두꺼운께 아마 또 그럴랑가 몰러."

자기만 보면 비아냥거리는 말들을 무시한 지는 오래되었다. 하지만 꽃신이라는 말에 귀가 번쩍 뜨였다.

"누가 꽃신을 주웠다던? 어디 가믄 찾을 수 있어?"

팥쥐는 처녀들을 번갈아 보며 다그쳤다. 처녀들은 어이없다는 듯 고개를 절레절레 흔들었다.

"주막거리에 붙은 방문은 안즉 못 봤는갑제?"

얼굴이 납작한 끝순이가 위아래로 눈을 흘겼다.

"방이 붙었어?"

팥쥐는 빨래를 주무르다 말고 일어섰다. 꽃신을 찾아 주려고 고맙게도 방까지 붙인 모양이었다. 한달음에 집으로 달려와 빨래 함지를 내려놓고 돌아섰다. 토방 밑에서 놀던 깨쥐가 팔을 올리며 다가왔다.

"그려, 얼른 업혀라."

팥쥐는 포대기를 꺼내 깨쥐를 업고 주막거리를 향해 달렸다. 마냥 신난 깨쥐가 까르르 웃어 댔다.

한창 바쁜 철에다 아침 나절인지라 주막거리는 비교적 한산했다. 듣던 대로 주막 건너편 흙담에 언문으로 된 방이 붙어 있었다. 처녀들 몇 명이 그 앞에서 바느질감을 옆구리에 낀 채 들뜬 목소리로 재잘거렸다.

"요 꽃신이 나헌티 딱 맞아불믄 얼매나 좋으까잉."

"나는 생각만 혀도 가슴이 통개통개 뜸서 일이 손에 안 잡힌당게."

"다들 꿈 깨라잉! 우리가 지체 높은 양반님네 자제랑 어울리기나 하가니?"

"사내대장부가 한 입 갖고 두말하믄 쓴다냐? 꽃신의 주인하고 혼인하겠다고 요로코롬 떡하니 써 놨잖여!"

이야기를 듣고 있자니 뭔가 이상했다. 팥쥐는 흙담 앞으로 가까이 다가서서 방문을 들여다보았다. 단옷날 고을의 모든 처녀들은 강 진사 댁 마당으로 모이라는 말과 함께 꽃신 그림이 그려져 있었다. 꽃신이 발에 꼭 맞는 사람과 혼인하겠다는 말도 적혀 있었다.

"근디 들었냐? 선비의 아버지가 쩌그 남원 고을에 새로 부임할 부사라드라."

"대제학이라고 하든디?"

"아니여. 임금님을 뫼시는 도승지라고 혔어."

"누구 말이 맞는지는 몰라도 겁나게 높은 양반인갑다."

선비에 대한 근거 없는 소문이 부풀려지는 모양이었다. 어쨌든 신분을 가리지 않고 꽃신의 주인과 혼인하겠다는 걸 보아 평범한 사람은 아니라는 생각이 들었다. 등에 업혀 발을 대롱거리던 깨쥐는 어느새 쌔근쌔근 잠이 들었다.

"자장, 자장, 우리 애기……."

팥쥐는 깨쥐 엉덩이를 토닥이며 발걸음을 돌렸다.

'나도 분 하나 살까?'

혼자 생각에 얼굴이 달아올랐다. 마음이 허방을 딛는 것처럼 어지러웠다.

집에 오니 사립문이 열린 채 마당에 웬 여자아이가 서성이고 있었다.

"누구요?"

"곱단이구먼요. 마님께서 의원님을 뫼셔 왔어라."

그리고 보니 콩쥐를 찾아갔을 때 봤던 아이였다.

"독에 쌀도 채워 놨고요."

마루 위에도 곡식 자루가 부려져 있었다. 그때 새아버지 방에서 콩쥐와 의원이 나왔다.

"곧 탕제 지어서 보내 드리겠습니다."

의원이 인사를 하고 사립문을 나가자 콩쥐가 미소를 지으며 다가왔다.

"우리 깨쥐 자는가?"

"오셨소? 어디 좀 댕겨 오느라……."

"아버지는 어머니를 잃고 얻은 심병 같다는구먼. 그간 내가 무심한 탓이네."

콩쥐는 옷고름으로 눈가를 찍었다. 그때 콩쥐의 눈두덩에 얼핏 푸른 기가 비쳤다. 잘못 봤는가 싶어 팥쥐는 고개를 갸웃했다.

"곱단아, 난 하루 묵어 갈 테니 넌 가서 내가 급체를 해 못 간다 전하거라."

"예?"

곱단이가 놀란 토끼 눈을 하고 콩쥐와 팥쥐를 번갈아 바라보았다. 팥쥐도 의아하기는 마찬가지였다.

"무슨 말인지 못 알아듣겠느냐?"

"아, 예. 그, 그리 아뢰겠습니다요."

"내일 진시 경에 돌아갈 터이니 채비해 오너라."

"예, 일찍 뫼시러 올 텐게 걱정 마셔요."

곱단이가 사립 밖으로 나가자 콩쥐는 허름한 집을 새삼스레 휘둘러보았다. 심경에 무슨 변화라도 생긴 것인가? 허공에서 정처 없이 흔들리는 눈빛이 어쩐지 불안해 보였다. 하지만 팥쥐는 무심히 토방으로 먼저 올라섰다.

"들어가십시다."

방으로 들어온 팥쥐는 곤히 잠든 깨쥐를 아랫목에 뉘였다. 뒤따라 들어온 콩쥐는 조용히 옆에 앉았다. 깨쥐 머리카락을 쓸어 주며 엷은 미소를 보이는가 싶더니 이내 얼굴이 어두워졌다.

"얼굴에 멍은 어쩐 일이다요?"

결국 팥쥐는 먼저 묻고 말았다.

"지금 나를 걱정해 주는 겐가?"

"아, 아니 긍게 고것이……."

"우리가 진즉 각별한 사이였더라믄 좋았을 것을……."

별안간 콩쥐는 젖은 눈으로 팥쥐를 바라보았다.

"그랬다면 나는 서방님과 혼인하지 않았을 것이네. 한데, 내 진심을 누구에게도 터놓을 수 없었네."

콩쥐 눈에서 기어이 눈물방울이 또르르 떨어져 내렸다. 당황한 팥쥐는 헛기침을 하며 얼른 고개를 돌렸다.

'남부러울 것 없는 부잣집 마나님이 되었는데 왜 이제와 속을 내보이는 건가? 대체 무슨 일이기에 저리 무너지는 것인가?'

싫은 내색 한 번 할 줄 모르고 척척 일을 해내는 콩쥐를 볼 때마다 팥쥐는 오기가 생겼다. 어디까지 버티나 보자, 언제까지 착하게 살 수 있는지 보자! 그런데 핍박이 심해질수록 콩쥐의 심성은 더욱 고결하게 빛났다.

"서로 다른 어머니에게서 태어났지만 나는 콩쥐, 동생은 팥쥐네."

콩쥐는 뜬금없이 둘의 이름을 되새겼다.

팥쥐는 그런 콩쥐를 빤히 바라보았다. 콩쥐의 볼을 타고 흘러내린 눈물이 턱 끝에서 방울져 대롱거렸다. 그 모습을 보고 있자니 성벽처럼 쌓아 올렸던 마음이 힘없이 툭 허물어졌다. 이제 그만 가슴을 짓누르는 미움을 내려놓고 싶었다. 용서할 일도 없는 콩쥐를 용서하고, 누구에게도 사랑받지 못하는 자신을 귀히 여기며 살고 싶어졌다.

"그려! 우린 첨부터 자매가 될 연이었는가도 모르제. 진즉 그렇게 빈틈을 좀 보였드라믄 나도 그렇게까지 미워하진 않았을 거란 말이여!"

팥쥐는 참지 못하고 버럭 소리를 질렀다.

"가슴 속에 독을 품고 사는 것이 얼매나 힘든 일인지 아는가? 성만 힘든 것이 아니었다고!"

가슴을 퍽퍽 두드리며 원망스럽게 콩쥐를 바라보았다. 콩쥐는 이해한다는 듯 말없이 고개를 주억거렸다. 그러고는 팥쥐 손을 끌어당겨 자기 손에 포갰다.

"그새 손이 많이 상했네."

그 말에 와락 눈물이 차올랐다. 팥쥐는 올라오는 울음을 꾹 삼켰다. 지난날 콩쥐 혼자 수없이 삼켰을 설움이 비로소 제 것처럼 와 닿았다.

"이 얼굴에 섬섬옥수라믄 가당키나 하겠소?"

팥쥐는 서둘러 눈물을 훔치고 픽 웃었다. 십 년 묵은 체증이 쑥 내려가는 것 같았다.

손을 뺀 팥쥐는 콩쥐 눈두덩을 가까이 들여다봤다. 분을 발라 조금 연해 보인다 뿐 분명 멍이었다.

"참말로 뭔 일인지 말 안 할라요?"

얼마 전 장터에서 들은 소문이 생각났다. 얼토당토않은 말이라

쑥덕거리기 좋아하는 사람들이 꾸며 낸 이야기려니 했다.

"사모하는 맘도 없이 도망치듯 혼인을 했네. 내가 무슨 자격으로 이제 와 서방님을 원망할 수 있었겠는가?"

"그 소문이 참말이었당게라? 사내가 어찌 부인한테 손찌검을 한단 말이어라!"

팥쥐는 저도 모르게 언성을 높이고 말았다.

봇물 터지듯 콩쥐 눈에서 다시 눈물이 쏟아졌다. 그렇게 한참 울고 난 콩쥐는 마음이 진정됐는지 그간의 일을 덤덤히 얘기하기 시작했다.

김 감사는 못 말리는 난봉꾼이었다. 콩쥐를 안방에 앉혀 놓은 지 한 달 만에 밖으로 돌았다. 나갔다 하면 곤죽이 되어 다음 날 해가 중천에 떠서야 기생집에서 돌아오곤 했다. 알고 보니 아버지가 아프다는 기별이 닿지 않은 것도 김 감사가 중간에서 입을 막았기 때문이었다.

"술만 아니믄 천성은 온순한 분이네."

"속도 좋소. 스물도 안 됐는디 평생을 그리 살았다는 말이요?"

"어쩌겠는가. 여자로 태어난 쥔디."

"임금님께 이혼을 윤허해 주십사 상소라도 올려야제라!"

"아이고. 괜한 말을 해서 동생 맘을 어지럽혔네."

콩쥐가 놀란 얼굴로 손사래를 쳤다.

어느 고을에선가 본인이 첩을 들여 놓고도 아내의 행실을 문제 삼아 이혼을 청구한 남편이 있었다. 평민들이야 서로 합의 하에 옷섶을 베어 주고 이혼이 성사되기도 했지만 체면을 중시하는 양반가에서는 극히 드문 일이었다. 불화의 원인이 남편에게 있을지라도 아내가 먼저 이혼을 청구하는 일이란 더더욱 불가능했다.

"내 당장 쫓아가 상투를 확 뽑아부러야 쓰겄소!"

"참으소. 동생이 그리 말해 준 것만으로도 내 속이 풀리네."

콩쥐는 벌떡 일어난 팥쥐를 붙잡았다. 팥쥐는 좀처럼 분을 삭이지 못하고 씩씩거렸다.

"친정이 천리 길도 아닌께 앞으로는 이 일 저 일 핑계 삼아 자주 오시오. 참다가 속 문드러지믄 나만 손해여라."

"그래, 그럴라네."

콩쥐는 무언가를 결심한 듯 주먹을 꼭 쥐었다. 그 모습이 그저 울기만 하던 조금 전과는 사뭇 달라 보였다.

내게 언제 진짜 동무가 있었던가. 팥쥐는 어쩐지 가슴이 두근거리는 게 제 맘 같지 않고 낯설었다. 콩쥐와 자매보다 더 깊은 마음을 나누는 동무가 될 수도 있겠단 생각이 들었다.

"깨쥐 옆에 몸 좀 누이시쎄요."

따라 일어나려는 콩쥐를 주저앉혀 놓고 팥쥐는 혼자 부엌으로 나갔다. 괜히 열떠서 종종거리다 싸리바구니를 엎어 놓은 살강에 이마를 콩 찧었다. 그러고도 불뚝성이 안 나기는 처음이었다.

　단옷날이 되자 강 진사 댁 뜰이 소란스러워졌다. 꽃신을 주운 선비는 강 진사의 종질인데 과거 공부를 위해 머물고 있는 것이라 했다.

　강 진사 댁은 구경 나온 사람들로 담장 밖까지 북적였다. 창포 물에 감은 머리를 곱게 땋아 내리고 붉은 댕기를 단 처녀들이 마당으로 모여들었다. 모두 상기된 얼굴로 꽃신을 한 짝씩 들고 있었다.

　"자, 한 명씩 나와서 신어 보시오!"

　선비가 마루에 나와 앉자 하인이 큰 소리로 말했다.

　웅성거리던 처녀들은 차례차례 줄을 서 댓돌에 놓인 꽃신에 발을 넣었다.

　"발이 너무 작구먼. 자네는 아닐세."

　"예끼! 꽃신을 만들려거든 더 비슷하게 만들었어야제."

　하인이 퉁을 놓을 때마다 처녀들은 얼굴이 빨개져서 고개를 푹 숙였다. 수십 명이 꽃신을 신어 보았지만 다들 실망스런 얼굴로 돌아섰다.

　"진짜 주인은 왜 아직도 안 나타나는 게냐?"

　커다란 부채로 거만하게 얼굴을 가리고 있던 선비가 말했다.

"송구하게도 꽃신이 너무 큽니다요. 당최 여인의 신발이라곤 믿기지가 않구먼요."

하인이 웃음을 참지 못하고 킥킥거렸다.

"허허, 그렇구나. 이 꽃신의 주인은 장정처럼 덩치가 크고 생김도 우락부락하겠구나. 틀림없이 부끄러워서 못 나타나는 게야."

선비의 짓궂은 말에 마당을 메운 사람들이 웃음을 터트렸다.

"꽃신의 주인과 혼인하겠다 했는데 이를 어쩐다? 한 번 뱉은 말을 주워 담을 수도 없으니."

또다시 웃음이 터졌다.

먼발치에서 머뭇거리던 팥쥐는 주먹을 불끈 쥐었다. 얽은 얼굴도, 사내처럼 발이 큰 것도 부끄럽지 않았다. 잠시였지만 선비와 혼인할 꿈을 품었다는 게 부끄러울 따름이었다.

"누가 선비님과 혼인하겠답니까?"

사람들이 고개를 빼고 두리번거렸다. 팥쥐는 당당히 앞으로 걸어 나갔다. 그러고는 큰 발을 자랑스럽게 내밀어 꽃신을 신었다.

"저게 누구여?"

"팥쥐 아닌감?"

"저러다 곤장을 맞지."

여기저기서 수군거리는 소리가 들렸다.

"어느 명망 높으신 양반이 일없이 여인을 희롱한답니까? 필시

공명첩이라도 산 양반인 게지요!"

팥쥐는 선비를 향해 더 크게 쏘아붙였다.

"이, 이런! 뉘 앞이라고 함부로⋯⋯."

하인이 안절부절못하고 얼굴을 붉히자 선비는 가만히 팔을 들어 제지했다.

"정말로 그대는 나랑 혼인할 뜻이 없다는 말이오?"

"꽃신을 찾아 주신 건 참말로 고맙지만, 제 서방님은 제가 선택합니다. 내 모습 그대로 나를 어여삐 여겨 줄 분, 사내같이 큰 내 발도 귀하게 여겨 줄 분으로다 말이오!"

마당은 찬물을 끼얹은 것처럼 조용해졌다. 팥쥐는 소중한 꽃신을 신은 채 돌아서서 씩씩하게 걸음을 내딛었다.

"하하하! 모처럼 맘에 드는 낭자로구나!"

등 뒤로 선비의 호탕한 웃음소리가 들렸다.

"아이고!"

"저런, 세상에!"

동시에 사람들의 탄식 소리가 새어 나왔다.

팥쥐는 멈칫하고 몸을 돌렸다. 부채를 내린 선비가 환히 웃고 있었다. 사람들은 선비의 오른쪽 볼을 덮은 커다란 반점을 보며 저마다 눈살을 찌푸렸다. 그래도 개의치 않는다는 듯, 선비는 한 손으로 갓의 양태를 잡고 팥쥐를 향해 고개를 살짝 끄덕였다.

팥쥐는 슬그머니 나오는 미소를 깨물었다. 그리고 장정처럼 뚜벅뚜벅 대문 밖으로 걸어 나갔다.

접선

아랫배가 살살 아파 온다. 배를 움켜쥐고 화장실로 들어가 팬티를 벗는다. 아, 선홍색 피! 가슴이 벅차오른다. 거울을 쳐다보며 셔츠를 젖혀 본다. 봉긋하게 솟은 젖가슴까지! 떨리는 마음으로 두 손을 가슴에 얹어 본다. 젤리처럼 탱탱하고 말랑말랑, 아니 평평하고 딱딱, 하다? 어, 어? 이게 아닌데. 나는 허둥지둥 위아래로 손을 더듬는다. 빳빳하게 선 무언가가 잡힌다. 움찔 놀라 눈을 뜬다.

내 손이 잠옷 위로 불룩 솟은 성기를 움켜쥐고 있다. 영락없이 자위를 하는 모양새다.

"으악!"

냅다 손을 뗐다. 다행히 내 방이라 아무도 본 사람이 없다. 아침마다 내 의지와 상관없이 자랑스럽게 힘을 주고 일어서는 이 혐

오스러운 물건 같으니.

요 며칠 비슷한 꿈을 연달아 꾸었다. 여자가 되어 발가벗은 몸을 보고 있는 나. 무의식을 보여 주는 창이 꿈이라는데, 정말 내 몸은 껍데기인 걸까?

방광이 터질 것 같다. 계속된 갈증 때문에 물을 세 컵이나 마시고 잔 탓이다. 화장실로 들어가 변기에 앉았다. 좀처럼 고개를 숙이지 않으려는 성기를 눌러 숙이고 괄약근의 힘을 뺐다. 오줌이 세차게 뿜어져 나오면서 무지근하던 아랫배가 서서히 가벼워졌다.

불결한 손을 뽀득뽀득 씻고 거실로 나갔다. 어제 자정 넘어서까지 덥다고 짜증을 부려 대던 지수는 두 팔을 올린 채 소파에 널브러져 자고 있다. 민소매 옷에 드러난 겨드랑이 아래로 하늘색 브라가 훤히 보였다.

칠칠하지 못하긴. 눈살을 찌푸리며 지수 발치에 구겨져 있는 모시 이불을 가슴께까지 덮어 주었다. 그러자 지수가 몸을 뒤척이며 이불을 걷어차고는 옆으로 돌아누웠다. 지수의 가슴이 모아지면서 깊은 가슴골이 만들어졌다.

'아!'

그 순간 강한 자력에 끌려 가듯 손이 저절로 움직였다. 안 돼! 유혹을 이겨 내며 침을 꼴깍 삼킨 순간, 지수가 두 눈을 확 떴다. 그러더니 내 손목을 후려치며 벌떡 일어났다.

"꺄아아아악!"

지수는 혼신을 다해 괴성을 질렀다. 그제야 번쩍 정신이 들었다.

"왜, 왜? 무슨 일이야?"

아빠가 파자마 바람으로 후다닥 뛰어 나왔다. 엄마도 눈을 동그랗게 뜨고 나왔다.

"너 오늘 죽었어!"

두리번거리던 지수는 소파 쿠션을 집어 들었다.

"아, 아니야. 난 아무 짓도 안 했어."

"그러셔? 그 손모가지가 진정 네 것이 아니었단 말이지?"

"지, 진정해. 제발 진정하라고."

"내가 지금 진정하게 생겼냐?"

쿠션이 내 머리를 사정없이 강타하기 시작했다.

"배지수, 말로 해 말로!"

엄마가 두 팔을 벌려 방패가 되어 주었다. 안 그랬다간 내 목이 부러질지도 모른다는 걸 엄마도 아는 거다.

"저질! 변태! 또라이!"

지수는 흥분을 가라앉히지 못하고 씩씩거렸다.

"어휴, 이 녀석들아. 강도라도 든 줄 알았잖냐."

공격 자세를 푼 아빠가 소파에 털썩 주저앉았다.

"배만수, 넌 뭘 잘못했기에 아침부터 먼지 나게 얻어맞고 있어?"

"그게 그러니까, 전 그냥 이불을 덮어 주려고……."

"이게 어디서 구라질이야?"

지수가 니킥을 시도하며 달려들었다. 나는 지레 억, 소리를 내며 고꾸라졌다.

"그만하라니까!"

보다 못한 엄마가 소리를 빽 질렀다.

"저 자식이 내 가슴 만졌단 말이야!"

지수는 발을 쿵 구르고는 제 방으로 들어가 문을 쾅 닫아 버렸다.

"뭐? 지수 말이 사실이야?"

아빠가 버럭 목청을 높이며 일어섰다.

혁, 만졌다고? 손끝도 스치지 않았는데 만졌다고? 억울했지만 달리 할 말이 없었다. 그렇다고 실패한 거사라고 자백할 수는 없으니 그저 입을 다물 수밖에.

"이런 싹수없는 자식!"

"아이고, 그냥 이불 덮어 주려다 우연히 스쳤겠지."

엄마는 내 머리를 향해 날아오는 아빠 주먹을 얼른 붙잡았다.

"이 자식, 너 성도착증이야?"

"어머어머! 당신은 무슨 말도 안 되는 소릴 하고 그래?"

"짜식이 점점 변태 짓만 늘잖아! 여자 속옷에 손을 대더니 이젠 아주……."

지난 일까지 들춰 내며 아빠가 눈을 부라렸다.

"그만하고 얼른 씻기나 해요."

아빠를 화장실 쪽으로 밀면서 엄마는 내게 빨리 들어가라고 눈치를 주었다.

"인마, 넌 오늘부터 지수한테 오 미터 접근 금지야!"

아빠는 지수보다 여성스러운 나를 늘 못마땅해했다. 그러던 중 내 방 서랍에서 브라가 나온 걸 보고는 그래도 사내 녀석이 맞구나, 하면서 나를 두둔해 주기까지 했다. 나의 성정체성을 의심했던 아빠였기에 오히려 그 사건이 내가 평범한 남자임을 반증하는 거라며 안심한 것 같았다.

엄마는 삼신할머니에게 쌍둥이를 점지해 달라고 빌었다고 한다. 간절한 마음이 닿았는지, 엄마는 정말로 쌍둥이를 가졌고 나와 지수는 엄마 뱃속에서 38주를 살다가 세상에 나왔다.

6분 먼저 태어난 나는 몸무게 미달로 일주일 동안 인큐베이터 신세를 졌다. 새 밀레니엄이 시작되고도 삼 년이나 더 지나 태어난 내가 만수라는 이름을 가진 것은 그 때문이었다. 세세만년 건강하게 살라는 의미로, 할아버지는 내 이름을 일제 강점기에 태어난 당신보다 더 촌스럽게 지어 버린 것이다.

나는 어렸을 때부터 아름다운 것이 좋았다. 내 마음은 역동적인 장난감이 아니라 작고 반짝이는 것들, 이를테면 반지나 귀걸이, 특이하게 생긴 단추, 그런 것들에 끌렸다. 하지만 아빠는 로봇이나 칼, 장난감 자동차 따위를 가지고 놀 것을 종용했다. '넌 남자니까 안 돼.'라는 말은 내게 언제나 물음표였다.

민영. 나는 아무도 모르게 내 이름을 새로 지었다. 남자 혹은 여자라는 획일화된 젠더에 갇히지 않아도 좋을 이름. 나는 태어날 때부터 그냥 배민영이었다고 믿는다.

어느 날부턴가 샤워를 하고 거울을 볼 때면 내 몸의 밋밋한 선을 깎아 다듬고 싶은 충동이 일곤 했다. 그럴수록 여자의 몸을 만져 보고 싶다는 열망이 강하게 들끓었다. 부드러운 살결, 아름다운 곡선을 느껴 보지 않고 진정한 배민영이 될 수는 없을 것 같았다. 이런 복잡한 내 마음을 이해 못할 아빠에게 내가 성도착증 환자로 보이는 것도 무리는 아닐 것이다.

"대박! 대박 뉴스!"

"뭔데? 아, 뭔데?"

"배미실이 윤주한테 데이트 신청했대!"

"헐! 그래서? 윤주가 받아 줬대?"

"히잉, 개부럽."

"윤주 고년은 전생에 무슨 공을 쌓은 거야?"

여자애들이 우르르 몰려다니며 떠들어 댔다. 윤주에게 '상담 시간 좀 내 줄래?'라고 했던 말이 데이트 신청으로 와전되고 말았다.

배미실. 풀어서 '배만수 미모 실화냐?'라는 뜻이다. 그러니까 배우처럼 잘생겼다고 여자애들이 나를 부르는 말이다. 그리고 완재기는 '완전 재수 없는 기생오라비'다. 당연히 남자애들 입에서 껌처럼 씹히는 별명이다. 물론 배미실이나 완재기나 내게 달갑지 않기는 매한가지다. 남자애들에게 남자답지 못한 놈으로 취급당하는 것도 싫고, 여자애들에게 작업 걸고 싶은 남자로 비춰지는 것도 싫다.

새 학년 첫날, 내 눈에 들어온 윤주는 내가 추구하는 완벽한 이상형이었다. 촌스러운 교복에 감추어졌어도 나는 윤주의 몸이 그 누구보다 아름답다는 걸 한눈에 알아보았다. 내가 가지지 못한 완벽한 곡선을 가진 윤주. 윤주를 볼 때마다 나도 모르게 윤주가 되는 상상을 하곤 했다. 그런 윤주를 흠모하지 않을 수 없었다.

학기 초, 상담을 위해 담임을 기다리다가 책상 위에 놓인 윤주의 진로 포트폴리오를 우연히 보게 되었다. 윤주의 미래 직업에 '청소년 상담사'라고 적혀 있었다. OECD 국가 중 행복 지수 꼴지, 자살률 1위인 우리나라 청소년들의 마음을 어루만져 줄 상담사가 되고 싶다는 거였다. 그것이 단지 꿈만은 아니었는지 윤주는 또래상담자로 뽑혀 학년 전체에서 인정받는 아이였다. 무엇보다 상담자의 마음에 잘 공감하고, 입이 무거운 솔리언으로 평가받고 있었다.

나는 윤주에게 내 문제를 상담하기로 마음먹었다. 윤주가 비난하지 않고 내 얘기를 들어 준다면 모두 다 털어놓을 생각이었다. 아름다움을 동경하는 내 순결한 진심을.

주말 상담을 요청하는 내게 윤주는 주말에 꼭 봐야 할 영화가 있다며 같이 보자고 제안했다. 마침 윤주가 봐야 한다고 말한 영화는 커밍아웃을 한 군인 장교의 투쟁을 다룬 작품이었다. 나에게 동성애의 성향이 있는 건 아니지만, 군인 장교의 투쟁이 내 고민과 아주 무관하지는 않을 것 같다는 생각이 들었다.

윤주와 만나기로 한 일요일에는 아침부터 비가 추적추적 내렸다. 나는 일찌감치 영화관에 나가 윤주를 기다렸다.

"너 저 자리 앉아 봤어?"

비 때문인지 윤주가 가리키는 커플석이 텅텅 비어 있었다. 내가 대답을 하기도 전에 윤주가 먼저 커플석에 앉았다.

"와우, 좋긴 좋네!"

윤주의 행동이 조금 당황스러웠지만 아무렇지 않은 척했다. 뭐 친구끼리 커플석에 앉지 말란 법은 없으니까.

영화가 시작되고 사십 분쯤 지났다. 꼭 봐야 한다더니, 윤주는 집중을 못 하고 자꾸 하품을 했다. 솔직히 나 역시 영화가 기대했던 것만큼 매력적이지 않아서 스토리에 몰입할 수 없었다. 상담을 요청했으니 윤주와 이야기를 해야 할 텐데, 윤주의 상담 능력이 어디까지일지 조금 걱정이 됐다. 나 스스로도 헷갈리는 건 내가 진짜 바라는 것이 '탈 젠더'인지 '트랜스젠더'인지 모르겠다는 것이다. 과연 윤주가 내 말을 진지하게 들어 줄 수 있을까?

"어깨 좀 빌릴게."

윤주가 허락도 없이 내 어깨에 머리를 기댔다.

"나 이거 보고 감상문 써야 되는데 잠을 설쳤더니 집중이 안 되네. 십 분만 잘게."

"그, 그래."

나는 윤주가 편히 기댈 수 있도록 어깨를 낮췄다. 빵빵한 에어컨 때문인지 윤주는 몸을 움츠리며 팔을 비벼 댔다.

"추워?"

별 생각 없이 오돌토돌 닭살이 돋은 윤주의 팔뚝을 쓸어 주었다.

"헉. 뭐 하자는 거야?"

윤주가 고개를 쳐들고 눈을 치뜬 순간, 내 손이 윤주의 가슴을 스쳤다는 것을 깨달았다. 깜짝 놀라 재빨리 손을 거두었지만 윤주의 손이 내 뺨으로 날아왔다.

"앗……."

나는 얼얼한 뺨을 부여잡고 윤주를 바라보았다. 맹세코, 의도

하지 않은 실수였다. 윤주는 경멸하는 눈빛으로 나를 쏘아보고는 계단으로 뛰어 내려가 버렸다.

"윤주야!"

윤주는 들은 척도 하지 않고 영화관 밖으로 빠져나갔다. 나는 재빨리 쫓아가 윤주 팔을 붙잡았다.

"이 손 안 치워?"

"오해야. 어쨌든 그래도 사과할게. 정말 미안해."

일단 무조건 백기 투항이 필요했다. 이대로 윤주를 보냈다가 성추행 혐의로 경찰서에 불려 갈 수도 있었다.

"오해?"

"진짜 아무 생각 없이 내 팔을 만진다는 생각으로…… 아, 아니 그게 아니라……."

갈수록 태산이라더니 내 입에서는 해명이 아닌 성추행 자백이 흘러나오고 있었다. 윤주도 어이가 없는지 헛웃음을 터트렸다.

"진짜 실수야. 무조건 미안해 윤주야."

"왜 하필 나야? 내가 제일 만만해 보였니?"

윤주 눈에 기어이 눈물이 맺혔다.

"하긴, 너처럼 완벽한 남자애가 무슨 고민이 있겠어. 너를 알 수 있을 거란 기대를 한 내가 잘못이지."

우산을 쓰고 지나가는 사람들이 우리를 힐끔거렸다. 상남자처

럼 보이는 건 싫었지만 나는 윤주 손목을 붙잡고 근처 카페로 들
어갔다.

"잠깐이면 돼."

억지로 윤주를 의자에 앉혔다. 윤주는 팔짱을 낀 채 나를 노려
보았다.

"나, 니가 생각하는 것처럼 완벽하지 않아."

"기가 막혀. 확인 사살하려고 끌고 들어왔니?"

"제발 내 말 좀 들어 달라고!"

답답해서 소리를 질렀다. 내 기세에 놀랐는지 윤주는 그제야 눈
에 힘을 풀었다.

"좋아. 해명인지 변명인지 한번 들어나 보자."

"고, 고마워."

크게 심호흡을 했다. 막상 말하려니 윤주를 똑바로 쳐다볼 수가
없었다. 나는 물컵을 빙글빙글 돌리며 천천히 입을 열었다.

"아무래도 난 돌연변이 같아."

고개를 들고 윤주 눈치를 봤다. 윤주의 표정에는 변화가 없었
다. 역시 솔리언은 다르다는 생각이 들었다. 조금 더 용기를 내도
될 것 같았다.

"완전체인 네 몸을 동경해. 볼록한 엉덩이와 라인이 살아 있
는 허리, 알맞게 솟은 가슴, 매끈하게 뻗어 올라 턱과 만나는 목

선……."

윤주 몸을 타고 올라가던 내 시선이 턱에서 멈췄다. 윤주의 입술이 파르르 떨리는 게 보였다. 마음이 다급해졌다.

"난 변태도 아니고 성도착증 환자도 아니야. 난 그저 신성한 마음으로 여자의 몸을 만져 보고 싶을 뿐이라고."

절박한 마음으로 내 자신을 변호했다.

"하! 지금 그걸 변명이라고 지껄이니? 너 진짜 내가 우습구나?"

"변명이 아니라 너에게 조언을 구하는 거야."

"조언? 좋아, 확실히 조언해 주지. 넌 내 상담이 필요한 게 아니라 정신과 의사를 만나야 될 놈이야. 알아들었니? 이 미친놈아!"

결국 윤주는 나를 혼자 내버려 두고 가 버렸다.

그날 이후 윤주는 나를 찼다는 죄명을 뒤집어쓴 채, 여자애들에게 공공의 적이 되었다. 하지만 그날 내가 했던 말에 대해서는 끝까지 함구했다. 확실히 윤주의 입은 무거웠다.

나와 마주칠 때마다 윤주는 나를 피하지 않았다. 도전적으로 나를 보는 윤주의 시선은 나를 자꾸 움츠러들게 했다. 누구에게도 이해받지 못할 절망감에 괴로웠다. 그럼에도 여자의 몸을 만지고 싶다는 나의 열망은 식지 않고 점점 뜨거워졌다.

「이런 기술을 배워 보는 건 어때? 어쨌든 승인이 전제된 터치잖아?」

이 주쯤 지났을 때, 윤주가 사진과 함께 문자를 보내왔다.

'허브 출장 마사지. 고객님이 계신 곳이 어디든 찾아갑니다.'

전화번호가 커다랗게 찍힌 핑크색 광고 명함이었다. 나는 직감적으로 그것이 성매매 업소의 위장 광고라는 것을 알아차렸다. 윤주가 나를 조롱하는 건지, 진심으로 생각해 주는 건지 헷갈렸다.

어렸을 때 아빠 차에 꽂힌 이런 명함을 집에 갖고 들어와 왜 혼나는 줄도 모르고 혼난 적이 있었다. 그동안 경찰의 끈질긴 단속으로 뿌리가 뽑힌 줄 알았다. 하지만 뽑아도 다시 자라나는 잡초처럼, 성매매 업소들은 음지에서 생명을 이어 가고 있는 모양이었다.

나는 어렵게 공중전화를 찾아내 은밀히 전화를 걸었다.

"저어, 혹시 마사지를 배울 수도 있나요?"

"뭐라고요?"

"그쪽에서 출장 오시는 건 좀 그렇고요, 제가 찾아가는 건 안 되나요?"

"아, 친히 왕림하시겠다고요? 성대에 스크래치도 안 난 풋내 나는 학생께서 웬 마사지를 배우려 하실까?"

"아, 그게…… 너무 절실해서요."

뚝. 전화는 허무하게 끊기고 말았다.

하지만 하늘은 스스로 돕는 자를 돕는다고 했다. 다음 날 아침 아빠가 켜 놓은 텔레비전에서 솔깃한 뉴스가 흘러나왔다. 스마트폰 채팅 어플과 무인 모텔이 불법 성매매의 온상이 되고 있다는 소식이었다.

'채팅 어플?'

나는 얼른 화장실로 들어가 재빨리 채팅 어플을 검색했다.

당장만나, 핫채팅, 솔까톡, 쉘위채팅…… 수많은 어플들이 주르륵 나왔다. 어플 홍보와 이용 후기도 많았다.

두근거리는 마음으로 '쉘위채팅'을 터치했다. 가입 절차는 무척이나 간단했다. 정확한 개인 정보는 묻지도 않고 나이와 성별, 이상형 등을 아무렇게나 적으면 바로 가입이 되었다.

어쩔 수 없이 성별을 '남'으로 선택하고 닉네임을 '순수'로 적었다. 나이는 스물일곱으로 높였다. 순식간에 나와 가까운 거리에 있는 상대들이 추천되었다. 그리고 쪽지들이 마구 날아왔다.

「진짜 글래머 대기중. 언제든 콜!」

「화끈하게 놀아 드림.」

「원하는 대로, 느끼는 대로 해드려욤!」

'순수'와는 어울리지 않는 노골적인 문자들이었다. 당황해서 어플을 닫으려는 순간 또 하나의 쪽지가 날아왔다. '심쿵심쿵'이라는 닉네임이 보낸 거였다.

「순수님, 저랑 아주 가깝네요.」

화들짝 놀라 화장실 문을 잠갔다. 익명성을 보장하되 서로의 위치 정보는 공유되는 모양이었다. 떨리는 손가락으로 문자를 클릭했다. 그러자 바로 대화창이 열렸다.

「방가! 어디 사세요? 난 남부대 근처인데.」

대화글 옆에 2.9km라는 거리 표시가 나왔다.

「새빛중 근처요.」

「어떤 스탈 좋아해요? 청순? 섹시? 어느 쪽이든 맞춤 스타일 가능해요.」

나는 뭐라고 대꾸해야 할지 몰라 머뭇거렸다.

「아, 섹시구나?」

「꼭 그런 건 아니고…….」

「월드컵 경기장 사거리 맞은편, 편의점 옆 카페. 밤 여덟 시, 콜?」

상대는 조금의 망설임도 없이 제멋대로 치고 나왔다. 에라 모르겠다. 일단 저지르고 보는 거다.

「좋아요, 콜.」

「핑크색 단발머리, 손목에 나비 그림 타투.」

마침내 접선 암호가 날아왔다. 벌떡벌떡 가슴이 뛰었다.

"변기 전세 냈냐? 빨랑 나와!"

지수가 밖에서 문을 쾅쾅 두드렸다. 진짜 볼일을 본 것처럼 나는 시원하게 물을 내리고 밖으로 나갔다.

"우웩, 냄새."

지수가 코를 쥐고 나를 째려봤다. 날로 발전해 가는 지수의 오버액션이 오늘은 귀여워 보였다.

하루 종일 침대에서 뒹굴다가 샤워를 하고 외출 준비를 했다. 상대에게 호감을 주는 소개팅 코디법을 참고해 옷을 입었다. 그러고는 지수한테 들킬 새라 살금살금 거실을 가로질렀다.

"종일 처박혀 있더니 이 시간에 어딜 나가냐?"

우뚝 멈춰 서서 뒤를 돌아봤다. 지수가 녹아내리는 아이스크림을 쪽쪽 빨면서 어슬렁어슬렁 다가왔다. 젠장. 그러는 너도 종일 처박혀 있다가 하필 이때 나올 게 뭐냐.

"으, 응. 약속이 있어서."

"심하게 구린 아재 패션을 보니 여잔 아닌 것 같고."

지수는 탐지견마냥 코를 벌름거리며 위아래로 나를 훑었다. 나는 튕겨나가듯 뒤로 물러났다.

"어, 어 오 미터."

"그거야 니가 허물 수 없는 거리고."

그러니까 자기 편할 대로라는 뜻이다. 얄미운 지수를 나도 똑같이 훑어 주었다. 패션 감각이라곤 눈곱만큼도 없는 트렁크 반바

지에 울퉁불퉁 알통 다리…….

"이게 어딜 봐? 눈깔 안 돌려?"

지수는 금세 험악하게 눈을 부라렸다. 내게 관심 끄기 작전 성공! 몸을 돌려 신발을 꿰신는데 갑자기 울컥해졌다. 괜찮다, 용기를 내자. 나는 지금 아름다움을 찾으러 가는 거니까.

"들어올 때 생리대 한 통 사 와. 오버나이트로."

하여튼 배지수. 기분 망치는 데 뭐 있다. 나는 돌아서서 못마땅한 표정으로 손을 내밀었다.

"야, 너 세뱃돈 아직 많이 남았잖아."

"내 비상금까지 털겠다고?"

"생리대가 얼마나 비싼지 알면서 쪼잔하게 굴래? 생리대 쓸 일 없는 너랑 용돈이 같으면 불공평하잖아."

지수의 뻔뻔함에 버티고 있던 손을 내리고 말았다. 젠장. 매번 이런 이상한 논리에 굴복하고 마는 내가 싫다.

"괜히 쪼물딱거리지 말고 얌전히 가져와라."

지수는 아이스크림 막대를 휴지통에 골인시키고 유유히 방으로 들어갔다.

"불안하면 직접 사든가."

소심하게 투덜거리고 밖으로 나왔다.

엘리베이터 거울에 비친 내 모습을 봤다. 괜히 면도했다가 더

굵어질까 싶어 내버려 둔 솜털 수염이 오늘따라 더 거슬렸다. 접선을 위해 의도한 코디지만 아재 패션이라는 지수 말도 신경이 쓰였다. 이 꼴로 우리 반 남자애들이라도 만나면 기꺼이 나를 자기들과 동급으로 인정하고 헤드록을 걸어올지도 모른다.

월드컵경기장 사거리 정류장에서 내리니 맞은편에 편의점이 보였다. 길을 건너 편의점 앞으로 갔다. 정류장에서는 보이지 않던 카페가 나타났다. 두근거리는 가슴을 진정시키며 카페 안으로 들어갔다.

모터를 장착한 듯 쉴 새 없이 다리를 떨며 사방을 두리번거리는 여자가 눈에 들어왔다. 여자는 밝은 핑크색으로 염색한 단발머리를 자꾸만 매만졌다. 손목에 나비 그림 타투가 선명하게 그려져 있었다. 심쿵심쿵 접선녀다!

조심스레 접선녀 앞에 앉았다. 그런데 접선녀는 나를 보자마자 똥 밟았다는 표정으로 입술을 비틀더니 이를 꽉 깨물었다.

"아오 씨발. 야, 너 고딩이지?"

선수 느낌이 강하게 느껴지는 말에 그만 얼어 버렸다. 내가 나이를 너무 올리긴 했지만 접선녀 또한 내게 그렇게 말할 처지는 아닌 것 같았다. 진한 화장으로 얼굴을 가렸어도 이따금 학교 밖에서 마주치는 우리 반 여자애들과 별반 다를 게 없었다. 앳된 얼굴이 더 도드라져 보이는 과한 화장에, 어색한 패션으로 성인 흉

내를 낸 고딩?

"그래 뭐 쌤쌤이라고 쳐. 그래도 내 신분은 학생 아니거든?"

자기를 빤히 보는 내 시선에 머쓱했는지 접선녀는 순순히 자신을 인정했다.

"확실히 해 두겠는데, 나 그냥 놀려고 나온 거 아니니까 돈 없으면 지금 당장 꺼져. 무슨 뜻인지 모르진 않겠지?"

접선녀는 내 쪽으로 몸을 기울이며, 낮지만 분명한 협박조로 말했다. 나는 주머니 속 지갑을 만지작거리며 고개를 끄덕였다. 아껴둔 세뱃돈 봉투에서 꺼내 온 돈이 지갑 속에 있었다.

접선녀를 따라간 곳은 카페 뒤쪽 골목으로 쭉 늘어선 무인 모텔 중 한 곳이었다. 접선녀는 가림막을 쳐 놓은 주차장 안으로 성큼성큼 들어갔다. 나는 술래에게 들킬까 불안한 아이처럼 접선녀를 종종종 따라갔다.

접선녀의 지시에 따라 대실료를 기계에 넣으니 열쇠 하나가 떨어졌다. 신분 확인 절차 없이 이렇게 간단히 모텔방을 빌릴 수 있다니. 채팅 어플과 무인 모텔이 불법 성매매의 온상이라는 걸 체득하는 순간이었다.

열쇠에 표시된 206호로 들어갔다. 작은 냉장고, 벽걸이 텔레비전, 싸구려 느낌의 조명과 썰렁해 보이는 침대. 이런 곳에서 수많은 역사가 이루어진단 말이지? 갑자기 낯선 남녀의 체액 냄새가 나는 것 같아 얼굴이 찡그려졌다.

"선불 팔만 원. 그리고 오랄은 좀 곤란해. 아직 비위가 약해서."

나를 위아래로 훑으며 접선녀가 손바닥을 내보였다.

"잠깐만. 난 그냥, 그러니까 그냥…… 네 몸을 만져 보기만 할 거야."

"뭐? 만져 보기만 할 거라고?"

접선녀는 고개를 삐딱하게 기울인 채 나를 쳐다봤다.

"물론 깎아 달라는 뜻은 아니야. 너도 나쁠 건 없을 건 같은데."

나는 얼른 주머니에서 지갑을 꺼냈다. 그러자 접선녀는 도발적인 눈빛을 하고서 내게 바짝 몸을 붙였다. 그러고는 두 팔로 내목을 휘감았다.

"고객님? 취향이 아주 독특하신 것 같은데, 이러면 마조히스트를 만난 것보다 더 당황스럽잖아."

"아, 아니……."

나는 당황하며 몸을 뒤로 뺐다. 그러자 접선녀는 느닷없이 머리카락을 거칠게 헝클어뜨리며 악, 소리를 질렀다.

"지금 장난해? 이제 와서 겁나니? 내가 더러워 보여?"

목소리가 떨리는가 싶더니 이내 눈물을 뚝 떨궜다. 그리고 쓰러지듯 주저앉아 침대 끝에 얼굴을 묻었다. 접선녀의 어깨가 마구 흔들렸다. 나는 안절부절못한 채 접선녀의 등만 내려다보았다.

눈물을 다 쏟았을까. 갑자기 접선녀가 고개를 홱 들어 나를 쳐다봤다.

"편의점 알바? 분식집 알바? 웃기시라 그래. 내가 왜 거리로 뛰쳐나왔는지 알기나 하니? 탈가정 청소년이란 내 약점을 쥔 놈한테 최저시급도 안 되는 알바비 떼먹혀 봤냐고!"

속사포처럼 쏟아지는 말에 나는 바보처럼 고개를 흔들었다.

"난 내가 할 수 있는 가장 신성한 일을 하는 거야! 이 더러운 꼰대들 세상에서 살아남으려고!"

예기치 않은 곳에서 듣게 된 '신성한'이란 말이 내 가슴을 훅 치고 들어왔다. 접선녀의 신성함은 나보다 더 절박했다.

나의 열망이 갑자기 부끄러워지기 시작했다. 내 열망이 진짜 신성한 건지 자신이 없어졌다. 정말로 나는 무얼 원하는 걸까? 존재 그대로 존중받는 나? 배민영이라고 믿었던 내 정체성이 다시 크게 흔들리는 기분이었다.

"모욕을 느꼈다면 사과할게. 정말, 정말 미안해."

할 수만 있다면 모든 꼰대들이 주었던 상처를 진심으로 어루만져 주고 싶었다.

접선녀는 말없이 침대로 올라가 옆으로 몸을 둥그렇게 말고 누웠다. 나는 얌전히 접선녀가 잠들 때까지 기다렸다. 손목의 나비 타투가 아름다워 보였다. 거룩한 영혼이여, 부디 오늘 밤만이라도 자유롭게 날아오르기를.

오래지 않아 새근새근 숨소리가 들렸다. 평온하게 들썩이는 어깨를 보니 마음이 놓였다. 나는 가만히 이불을 끌어당겨 덮어 주었다. 살포시 감긴 접선녀의 눈꺼풀이 파르르 떨렸다. 별안간 묘한 기분이 들면서 가슴이 두근거렸다.

'뭐지 이 느낌은?'

깜짝 놀라 물러났다.

접선녀가 고개를 움직였다. 머리카락이 흘러내리며 눈꺼풀을 덮었다. 또다시 거부할 수 없는 힘이 내 손을 끌어당겼다. 나는 숨을 죽이고 접선녀의 머리카락을 쓸어 넘겼다. 뾰루지 하나 없는 깨끗한 이마와 공들여 아이섀도를 바른 눈꺼풀이 드러났다.

'아!'

처음으로 가까이 본 눈 화장이었다. 심지어 애교살에 얼룩진 마스카라도 아름다웠다. 심장이 가슴을 뚫고 나올 것처럼 펄떡였다. 오오, 유레카! 여자의 감긴 눈꺼풀을 보고 꿈을 찾았다는 이야기를 들은 적이 있는가?

모처럼 행복한 꿈을 꾸는지, 접선녀의 입가에 짧은 미소가 스쳤다. 나도 따라 미소를 지으며 지갑을 열었다. 아니지. 나의 알량한 배려로 접선녀의 신성한 노동을 무력하게 만들 수는 없지. 나는 다시 지갑을 닫았다. 모르긴 해도 풀메이크업 도구를 사려면 돈이 꽤 많이 필요할 것이다.

　밖으로 나와 버스를 기다리는데 연달아 문자 알림이 울렸다.

　「그날 일 오해한 거 나도 사과할게.」

　「배만수, 돈 넉넉하면 날개 중형도 한 팩 추가!」

　윤주와 지수였다. 누구에게 먼저 대답을 할까 머뭇거리는 사이, 윤주에게 다시 문자가 왔다.

　「아무래도 니가 내 상담 공부의 터닝 포인트가 된 듯. 그런 의미에서 너 내 남사친 할래?」

　내게 윤주 같은 여자사람친구가 있는 것도 나쁘지 않을 것 같다. 나는 '그럴게. 고마워.'라고 쓴 문자를 날렸다.

　그런데 이런! 윤주에게 가야 할 문자가 지수에게 보내진 걸 알아차린 순간, 대번에 험악한 문자가 날아왔다.

　「꺼져! 변태새뀌!」

　이젠 지수의 욕마저 아름답게 느껴졌다. 으허허허. 나는 밤하늘을 올려다보며 미친놈처럼 웃었다.

　"유레카! 유레카!"

지킬의 목소리

지킬의 목소리

　엄마가 화장실에 들어간 사이 나는 또다시 그것을 느꼈다. 그 일이 있은 지 일주일째 계속되는 이상한 떨림. 오늘 그 떨림은 손 끝에서부터 강하게 전달되었다.

　찌릿! 전율이 손바닥을 훑고 팔을 타고 어깨까지 올라왔다. 어서 귀신을 몰아내라고, 빨리 숨통을 끊어 놓으라고 내 안의 지킬이 소리쳤다. 그렇다 지킬, 악의 하이드가 아니라 선을 수호하는 지킬이었다.

　그날 이후 문득문득 내 안에서 올라오는 이상한 충동. 귀신의 숨소리를 느낀 내가 동요할 때마다 하이드는 강하게 내 팔을 내려쳤다.

　그래 봐야 달라질 거 없잖아? 그냥 너는 성벽을 쌓으면 돼. 엄마도 아빠도 어느 누구도 들어올 수 없는 너만의 공간. 누구도 무너뜨리지 못할 너의 세계. 동굴처럼 캄캄한 그곳에서 영원히 살면 되는 거야!

매일 학원을 오갈 때마다 지나치게 되는 상담 센터. 교육청에서 지원하는 무료 상담 센터라며 학교 내 위클래스 상담을 피하는 내게 담임이 소개했던 곳이다.

하지만 어른들이 정신과 방문을 꺼리듯 청소년 상담 센터 역시 나도 가고 싶지 않은 곳이다.

전문가의 상담을 필요로 하는 학생이란 대부분 문제아이거나 왕따라는 말이다. 내가 아무리 선생님들이 혀를 내두르는 문제아라 해도, 그 말에 낙인을 찍고 싶은 마음은 없었다.

그런데 지금 나는 여기에 와 있다. 결코 내 의지는 아니었다. 주인이 연모하는 천관의 집으로 술 취한 김유신을 데려간 그의 충직한 말처럼, 나의 발이 나를 여기로 이끌었다. 내 안에서 다투는 두 목소리, 화장실에서 막 나온 엄마의 두려움 가득한 눈빛. 무작정 뛰쳐나와 정신을 차리고 보니 이곳이었다.

연두색 유리로 마감한 벽에 센터 엠블럼인 듯한 로고가 눈에 들어온다. 색상을 달리한 두 개의 하트가 날개를 접은 나비처럼 글씨 위에 살포시 앉아 있다.

"상담 예약한 친구구나? 일찍 왔네?"

통화중이던 상담 선생님이 수화기를 붙든 채 상담실 쪽을 가리키며 들어가 있으라는 눈치를 준다. 여길 제 발로 찾아오겠다는 골때리는 녀석이 있었나 보다.

상담실 안으로 들어가자 고흐의 그림이 나를 맞이한다. '별이 빛나는 밤에'와 '고흐의 방'. 생각지도 못한 곳에서 은우를 맞닥뜨린다.

은우는 명화를 따라 그리는 게 취미였다. 은우가 그린 그림에서도 밤하늘이 힘차게 소용돌이치고 별들이 유유히 흐르고 있었다. 그리고 불꽃처럼 하늘을 향해 도발적으로 솟아오르는 사이프러스 나무.

나는 '고흐의 방'을 바라본다. 두 개의 의자, 두 개의 베개, 두 개의 술병. 친구 고갱을 기다리던 고흐의 외로움을 반증하는 소품들이라 했던가.

은우가 따라 그린 소품들도 은우가 나에게 갈구했던 사랑이었을까?

하지만 나는 은우를 사랑할 수 없었다. 녀석의 운명을 예견한 내 무의식의 발로였는지도 모른다. 그래서 나는 상처받지 않았고, 은우는 남은 가족의 행복을 다 가져가 버렸다. 그래, 그것으로 된 거다.

천재적인 예술가들 대부분이 반미치광이였다는 글을 본 적이 있다. 하지만 상담 센터에 정신병력이 있었던 화가의 그림이라니, 순간 내 자신이 미친놈으로 매도된 것 같아 불쾌해진다.

"고흐 좋아하니?"

통화를 끝낸 상담 선생님이 들어오며 묻는다.

"끄악!"

대답 대신 갑자기 튀어나온 내 소리에 선생님이 놀란다.

젠장, 벌써 그렇게 안타까워할 필요는 없다. 날 보고 놀라는 사람들 표정에 내가 곧 익숙해지듯 당신도 금방 내 음성틱에 익숙해질 테니까.

난 글러먹은 놈이에요. 떡잎부터 싹수 노란 그런 놈.

자기비하가 지나치다고요? 상관없어요. 아빠한테 늘 듣고 사는 말이라서.

그날 일은…… 아, 모르겠어요. 어쩌다 그 일이 일어났는지, 왜 그랬는지.

상담 선생님은 예약도 없이 들이닥쳐 무작정 말을 쏟아내는 내게 당황한 기색이 역력하다. 나의 약점을 찾고 있는 상대에게 선빵이라도 날린 기분이다.

내 무의식이 여길 찾아온 이유를 군이 변명하자면, 감당하기 힘든 내 안의 폭풍을 당장 배설하고 싶었을 뿐이었다 할까? 상담이라는 말로 포장한 알량한 충고 따위를 들으려고 온 게 아니라는 말이다.

도전적인 나의 눈빛에 사이코패스의 자백을 듣는 프로파일러처럼 상담 선생님 표정이 진지해진다. 그래, 당신이 말없이 내 이야기를 들어 주기만 한다면 나는 여길 자주 찾아올지도 모른다.

그날 아빠에게 무슨 기분 꿀꿀한 일이 있었는지는 눈곱만큼도 중요하지 않다. 아빠가 하루걸러 술을 마셔야만 하는 이유는 백만 가지도 넘으니까. 항상 끓고 있는 울화를 풀기 위한 아빠의 핑곗거리는 넘치고 넘쳤다.

안 봐도 비디오였다. 아빠는 퇴근 후 고향 친구 기태 아저씨를 불러냈을 테고, 팍팍한 루저 인생을 푸념하는 아빠에게 기태 아저씨가 기름을 들이부었을 거다. 눈치라고는 개미 똥구멍만큼도 없는 기태 아저씨의 아들이 엄친아, 아니 아친아라니 정말 재수 없다.

밤 열한 시쯤이었다. 물을 마시러 부엌으로 나오는데 온 집안에 똥 냄새가 진동했다.

"건욱아, 환기 좀 시켜라!"

엄마가 똥물이 뚝뚝 떨어지는 방수 시트를 들고 목욕탕으로 들어갔다.

"에이 씨, 기저귀 안 채웠어?"

나는 창문을 모조리 열어젖히며 짜증을 부렸다. 엄마는 샤워기로 똥물을 씻어 내리다 말고 입을 틀어막으며 거실로 뛰어나왔다.

"할머니 설사하시면 기저귀도 소용없는 거 몰라?"

구역질을 한참 만에 진정시킨 엄마는 미간에 세로 주름을 잔뜩 만들었다.

"그나저나 기저귀가 떨어져서 큰일이네. 미리 주문했어야 했는데 또 잊어버렸다."

"우선 쓸 만큼만 마트에서 사 오면 되지 무슨 걱정? 내가 사다 줘?"

나는 모처럼 심부름을 자처하며 손바닥을 내밀어 보였다. 물론 기저귀를 사고 돈이 남는다면 꿀꺽할 요량이었다.

"환자용 기저귀는 우리 아파트 마트에선 안 판단 말이야. 지금이라도 택시 타고 나갔다 와야겠다."

엄마는 서둘러 옷을 갈아입고 기저귀를 사러 밖으로 나갔다.

할머니의 기저귀가 떨어지지만 않았어도, 아빠가 술을 마시고 들어오지만 않았어도 아무 일 없었을지 몰라요. 아니, 내 휴대폰이 박살나지만 않았어도…….

다 나 때문이에요. 난 아빠가 뿌린 말의 씨앗, 처음부터 악의 싹을 틔워 태어난 놈이라고요.

아빠가 들어온 건 엄마가 나간 지 이십 분도 되지 않아서였다. 자는 척하려고 했지만 아빨 무시한다는 잔소리까지 덤터기 쓰기 싫어 거실로 나갔다.

"밤낮 게임만 하는 자식 놈에, 날마다 울상인 마누라까지……자랑할 거라곤 하나도 없으니 내가 기태 앞에서 기를 펼 수가 있나."

비틀비틀 신발을 벗어던진 아빠는 나를 보자마자 빈정거렸다. 내가 아무리 아빠의 빈정거림에 익숙하다 해도 차마 웃는 얼굴로 아빠를 맞이하기 힘든 멘트였다.

"이놈아, 아빠가 들어왔으면 인살 해야 될 거 아냐?"

보자마자 뺨 때려 놓고 예의를 가르치려 드는 사람이 아빠였다.

"다녀오셨어요? 안녕히 주무세요."

나는 속으로 코웃음을 치며 돌아섰다.

"이런, 호래자식! 아빠를 보자마자 뒤통수를 보여? 이제 날 아주 개뼈다귀로 아는 거냐?"

"졸려서요."

나는 팍 구겨진 인상을 억지로 펴며 다시 돌아섰다.

"뭘 했다고 벌써 잠이 와? 네놈이 하는 짓이 게임밖에 더 있어?"

아빠 덕분에 배울 수 있는 딱 하나, 그건 바로 인내였다. 머리꼭
지에서 푸시시 김 소리가 나면서 뚜껑이 들썩였다. 그래도 난 쉽
사리 뚜껑을 열지 않았다.

아빠가 오기 전까지 게임을 하고 있었던 건 사실이었다. 하지만
내가 스마트폰 게임이나 컴퓨터 게임을 하고 놀 수 있는 시간은
고작 두세 시간 정도. 물론 새벽까지 공부를 하는 범생이들보다
일찍 잠자리에 누웠을 때를 가정해서 그 시간이란 말이다. 학교
자율학습 대신, 학원 수업을 억지로 듣고 온 뒤에야 겨우 얻을 수
있는 자유 시간. 그만큼의 시간도 내 마음대로 할 수 없다면 그냥
콱…….

"막 자려고 했는데 아빠가 오셨…… 끄악!"

말이 채 끝나기도 전에 솥뚜껑 같은 손이 머리 위로 날아왔다.

"이 새끼, 그거 참으라고 했어 안 했어?"

잠이 확 달아나면서 눈앞에 빛이 번쩍였다. 시선을 바닥에 내리
꽂고 이를 악물었다. 아빠 키와 몸무게를 진작 앞지른 내게, 아빠
는 그저 자존심만 팔팔한 꼰대에 불과했다. 나는 부르르 떨리는
주먹을 엉덩이 뒤로 감췄다.

나의 틱은 여러 형태로 변해 갔다. 눈을 찡긋거리는 것을 시작

으로, 입술을 까뒤집고 어깨를 비트는 것으로 발전했다. 신경을 쓰면 쓸수록 증상은 더 심해졌다. 그러던 것이 얼마 전부터는 소리로 변했다. 딸꾹질 같기도 하고 오리 울음소리 같기도 한 음성틱. 의지로 참을 수 있는 것이 아닌데도 아빠는 내 머리통을 샌드백인 양 퍽퍽 후려치곤 했다.

"문은 왜 열려 있어? 이 밤중에 네 엄만 또 어딜 나간 거야?"

그때까지 베란다 창문 닫는 걸 잊고 있었다.

내가 창문을 닫는 사이, 아빠는 그새 술병을 꺼내 와 거실 바닥에 펼쳐놓고 있었다. 나는 슬그머니 내 방으로 들어와 엄마에게 문자를 날렸다.

「아빠 왔어. 술 냄새 풍기고 들어와서 또 마시려고 해.」

늘 온라인으로 주문해 쓰던 기저귀를 엄마가 직접 사 들고 오는 걸 보면 아빠는 또 트집을 잡을 게 뻔했다. 그렇잖아도 아빠는 엄마를 못마땅해하고 있는 참이었다.

언제부턴가 토요일 오전이면 엄마는 자원봉사를 나갔다. 그렇게라도 한번씩 바람을 쐬고 싶을 수 있겠다고 생각했지만, 이해할 수 없는 건 그곳이 요양원이라는 거였다. 할머니를 모시는 것만으로도 힘들 텐데 왜 굳이 중증의 노인들을 돌보려 하는 건지, 도무지 엄마 마음을 알 수 없었다.

엄마가 자원봉사를 가고 없는 오전 몇 시간 동안 할머니는 큰 문제를 일으키지는 않았다. 다행히 응급 상황도 생기지 않았다. 그런데 아빠는 엄마의 봉사활동을 비아냥거렸다.

「알았어. 너는 그냥 얼른 자.」

그래, 잠이나 자자. 나는 불을 끄고 누웠다. 재수 없으면 거실에서 술을 마시고 있는 아빠한테 언제 또 불려 나갈지 모를 일이었다.

자려고 발버둥을 치다 겨우 잠든 지 얼마나 되었을까? 아빠의 고함소리 때문에 결국 깨고 말았다. 머리맡에 둔 스마트폰을 보니 열두 시였다.

"날마다 쓰는 걸 잊어버렸다고? 맘이 딴 데 가 있으니 그 모양이지!"

아빠의 고함 소리가 귓구멍으로 파고들었다. 스마트폰을 벽으로 확 집어던지고 일어나 방문을 열었다. 그사이 거실 바닥엔 술병이 세 개로 늘어나 있었다.

"생판 모르는 노인네들 앞에서 가식 떨지 말고 불쌍한 어머니한테나 신경 쓰란 말이야!"

아빠가 화를 내건 말건 엄마는 말없이 싱크대에 널브러진 그릇들을 씻었다.

"엉뚱한 데서 헛짓거리 하는 당신을 두고 효부라고 칭찬을 해대니⋯⋯. 아이고 어머니만 불쌍하지."

엄마가 쉽게 말려들지 않자 아빠는 기어이 엄마의 비위를 건드렸다. 그래도 엄마는 꿈쩍하지 않고 설거지만 할 뿐이었다.

픽!

아빠가 술병을 던진 건 순식간이었다. 아슬아슬 엄마 다리를 비껴 맞은 소주병이 그대로 박살나고, 병에 남아 있던 소주가 싱크대 문짝을 타고 흘러내렸다.

너무 놀라 비명소리도 나오지 않았다. 이러다 무슨 일이 일어나겠구나 생각한 순간 엄마가 아빠를 향해 돌아섰다. 그러고는 입꼬리를 당기며 픽 코웃음을 쳤다.

"어머닐 데려가지 왜 우리 은우를 데려갔을까? 당신도 어머닐 보면 돌아 버릴 것 같은 거야. 그렇지? 그래서 날 효부라는 틀 안에 당신 대신 가둔 거잖아."

생떼를 쓰는 어린애처럼 느껴지는 아빠와 달리, 엄마 목소리는 놀랄 만큼 차분했다. 엄마 입가에 번지는 서늘한 미소에 오소소 소름이 돋았다.

"어머닐 두고 무슨 봉사활동이냐고? 당신은 이런 내가 모순덩어리로만 보이겠지. 갈수록 악해지는 내 자신이 비참해서, 그렇게라도 내 안의 악마를 몰아내고 싶은 마음 당신은 알기나 해?"

엄마는 홱 돌아서서 개수대 옆 식기바구니를 들었다.

"내 자신을 증오하며 사는 기분을 알기나 하냐고!"

엄마는 식기바구니를 통째로 바닥에 내동댕이 내동댕이쳐 버렸어요. 한 번만 더 건드리면 온 집안을 박살내 버리겠다는 살벌한 눈빛. 지금껏 내가 알던 엄마가 아니었어요. 어쩌면 자신을 향해 있는지 모를 아빠의 광기도, 화산처럼 폭발한 엄마의 분노도 모두 숨을 죽였죠. 난 조용히 내 방에 들어가 다시 잠을 청하기만 하면 됐단 말이에요. 그런데……

엄마에게 케이오 승을 내리려는 찰나 아빠가 흐느적거리며 일어났다. 발부리에 차인 소주병이 빙그르르 돌았다. 아빠는 허공에 삿대질을 하며 엄마를 향해 비틀비틀 걸음을 내딛었다.

"어, 어! 유리!"

내가 말리기도 전에 아빠는 억, 하고 고꾸라졌다. 아빠가 소주병을 집어던질 때만 해도 어깨 한 번 움찔하지 않았던 엄마는 새파랗게 질려 부들부들 떨었다.

나는 정신없이 전화기를 붙들고 119를 눌렀다.

"상처엔 손대지 말고 일단 끈으로 발목을 세게 묶어. 적당한 끈이 없으면 아빠 넥타이로 해. 할 수 있지?"

전화를 받은 상대방은 침착하게 내가 해야 할 응급조치를 말해 주었다. 나는 엄마 대신 넥타이를 찾아와 아빠 발목을 묶었다. 무섭게 새어 나오던 피가 기세를 꺾었다.

"미안해 건욱아. 미안해."

반쯤 넋이 나간 엄마가 흐느꼈다.

"곧 119 온다고 했으니까 빨리 병원 갈 준비나 해!"

나는 아빠처럼 버럭 소리를 질렀다.

오래지 않아 구급대원 아저씨들이 와서 기절한 아빠를 들것에 눕혀 차에 태웠다.

"건욱아, 집은 엄마가 와서 치울 테니까 들어가 자. 알았지?"

그제야 정신을 차린 엄마는 구급차에 올랐다. 구급차는 사이렌을 울리며 아빠와 엄마를 태우고 병원으로 떠났다.

집안은 정적에 휩싸였다. 도저히 잠이 올 것 같지 않았다. 날이 새도록 휴대폰 게임이나 해야 될 것 같은 밤이었다.

방에 들어가니 홧김에 집어 던졌던 휴대폰이 먹통이 되어 있었다. 전원 케이블을 연결하고 켜 봐도 켜지지 않았다. 구닥다리 휴대폰을 벽에 내던졌으니 멀쩡할 리가 없었다.

게임 방송이라도 봐야 할 것 같았다. 얼마 전, 내가 좋아하는 격투 게임에서 새로운 모드가 출시되었다. 플레이어들 간의 싸움이 더욱 치열해져서 전보다 더 짜릿한 희열을 맛볼 수 있었다. 아마도 그 플레이를 보여 주는 케이블 채널이 있을 터였다. 그거라면 내 정신을 꽉 붙들어 줄 것 같았다.

나는 다시 거실로 나가 리모컨을 눌렀다. CF 모델이 김이 모락

모락 올라오는 면발을 후루룩 삼키고 있었다. 갑작스레 배가 고
파지면서 입안에 침이 고였다.

식탁 옆 수납장을 열었다. 아빠가 집에서 술을 마실 때 자주 찾
는 컵라면이 차곡차곡 쌓여 있었다. 난장판이 된 바닥을 애써 외
면하며 정수기의 뜨거운 물을 컵라면 용기에 채웠다.

식탁 의자에 앉아 면발이 불기를 기다렸다. 문득 비릿한 피 냄
새가 훅 날아왔다.

'여길 봐. 나를 봐!'

바닥에 흥건히 고여 있는 피가 수런거리며 내게 말을 걸었다.
갑자기 두려움이 달려들었다. 등줄기가 서늘해지면서 내 피가 확
빠져나가는 듯한 느낌이 들었다.

나는 컵라면을 내버려 두고 일어나 도망치듯 소파 쪽으로 걸음
을 내딛었다. 물먹은 종잇장처럼 무릎이 꺾였다.

그 순간 바닥에 고인 검붉은 피가 솟구칠 듯 미세한 파동을 일
으키는 게 보였어요. 난장판이 된 부엌에 웅크려 있던 광기와 분
노들이 내 목을 조르려고 들썩이기 시작했어요. 점점 가슴이 답답
해지면서 숨을 쉬기 힘들었죠. 죽을 것만 같은 느낌, 알아요? 무서
웠어요. 진짜 울고 싶었다고요, 쪽팔리게…….

엄마 아빠가 시골 친척집에 간 날이었다. 할머니와 은우는 건넛방에서 일찍 잠이 들었고 나는 안방에서 늦게까지 텔레비전을 보다가 그대로 잠들어 버렸다.

목이 타는 느낌에 깨어 보니, 방 안 가득 들어찬 연기 속에서 엄마가 콜록콜록 기침을 하며 나를 정신없이 흔들어 대고 있었다. 엄마한테 겨우 업혀 밖으로 나가 쓰러지는데 건넛방에서 아빠가 은우를 안고 나오는 것이 보였다.

혓바닥을 날름거리는 불꽃 속에서 할머니는 온몸으로 은우를 부둥켜안고 있었다고 했다. 불길을 뚫고 아빠가 먼저 안고 나온 사람은 은우였다. 하지만 은우는 죽고 할머니는 깨어났다.

편부모나 조부모 밑에서 사는 아이들이 많은 동네였다. 아이들은 저보다 못한 대상을 찾아 자신들도 알지 못하는 분노를 풀었다. 아무리 좋은 옷을 입혀 놓아도 어울리지 않는 은우는 아이들의 표적이 되기에 충분했다.

"퉤, 재수 없어. 꺼져!"

아기처럼 아장아장 걸어서 골목으로 놀러 나가면 은우는 흙모래를 뒤집어쓰거나 돌멩이를 얻어맞기 일쑤였다. 스스로 걷고 싶어서 할머니가 밀어 주는 휠체어를 마다했을 뿐인데, 용기를 내밖으로 나간 대가는 가혹했다.

아이들은 내가 은우를 부끄러워한다는 걸 잘 알고 있었다. 정상인 부모 사이에서 희박한 확률로 나타날 수 있는 유전자 돌연변이 왜소증. 그 확률은 아무래도 거짓말 같았다. 은우를 주워 왔다고 믿는 편이 쉬웠다. 나는 누구에게도 지지 않는 골목대장이었지만 은우를 지켜 줄 수 없었다.

은우가 죽고, 질긴 목숨을 저주하던 할머니는 뇌졸중으로 쓰러졌다. 할머니는 쓰러지면서 말을 잃었다. 그리고 누운 자리에 뿌리를 조금씩 내리면서 나무가 되어 갔다.

죽음이 거두어 간 목숨이 할머니가 아니라 은우였기 때문이었을까? 불길 속에서 자식과 어머니를 두고 선택의 갈림길에 서야 했던 괴로움 때문이었을까? 아빠는 자신이 포기한 효도를 엄마에게 떠넘겼다.

상처는 딱지를 만들 새도 없이 자꾸 커져 갔다. 아빠와 엄마는 서로의 상처를 긁어 파면서 더 깊은 생채기를 만들었다. 쉬는 날에도 술만 마시는 아빠와 가사도우미 로봇처럼 무표정한 엄마를 피해 나는 PC방에서 시간을 때우곤 했다.

그때 구원의 목소리처럼, 누군가 내 이름을 부르는 소리가 들렸어요. 아이들과 싸운 뒤 터진 입술을 깨문 채 끝까지 울음을 참고 달려오면 넓은 치마폭을 펼쳐 나를 안아 주던 목소리. 한없이 포근하고 따뜻했던 그 목소리. 틀림없는 할머니 목소리였어요. 어떤 아픔도, 두려움도 말끔히 씻어 주던 나의 할머니 말이에요.

나는 가까스로 정신을 차리고 할머니 방으로 들어갔다. 방 안에 들어서자마자 목에 걸려 있던 숨이 컥 토해졌다. 그대로 한동안 가쁜 숨을 몰아쉬었다.

어둠이 눈에 익자 방바닥에 누워 있는 할머니의 실루엣이 드러났다. 할머니 방에 마지막으로 들어갔던 게 언제인지 생각나지 않았다. 할머니가 쓰러진 뒤였는지, 은우가 죽기 전이었는지…….

나는 벽을 더듬어 전등 스위치를 눌렀다. 할머니는 천장을 향해 죽은 듯이 누워 있었다. 발끝으로 옆구리를 툭 건드리자 무표정한 눈동자가 나를 향해 움직였다.

"무서워 할머니. 일어나. 안아 줘!"

하지만 투명 인간을 보는 양 내 몸을 꿰뚫고 지나가 버리는 텅 빈 눈빛.

갑자기 할머니를 탓하고 싶어졌다. 엄마가 표정 없는 로봇이 된 건 할머니 때문이고, 아빠가 끝없이 잔소리를 쏟아내는 것도, 술만 마시면 꼬투리를 잡아 엄마랑 싸우는 것도 모두 할머니 때문이라는 생각이 들었다.

나는 이불을 확 젖혔다.

'아!'

어떻게 그렇게 깡마른 몸으로 살아 있을 수 있는 건지, 할머니는 위태위태한 목숨을 붙잡은 채 가늘게 숨을 쉬고 있었다. 할머니가 그저 놀라울 따름이었다.

내 시선이 깡마른 몸을 훑고 내려와 귀신처럼 길게 자란 할머니의 발톱에 멈췄을 때 난 문득 깨달았다. 어쩌면 정말로 홀가분하게 이 집을 떠나고 싶은 사람은 엄마도, 아빠도, 나도 아닌 바로 할머니일지도 모른다는 걸.

나는 서랍에서 손톱깎이를 찾아내 조심조심 할머니 발톱을 자르기 시작했다.

똑, 똑…….

길고 두꺼운 발톱이 잘려 나가고 가지런한 발가락이 비로소 제 모양을 드러냈다. 그러자 시작한 김에 할머니를 사람으로 돌려놓고 싶다는 생각이 들었다.

나는 안방으로 건너가 엄마 화장대 서랍 안에 뒹굴고 있는 화장품들을 가져 왔다. 저승꽃이 핀 할머니 얼굴에 로션을 바르고 발그레한 분까지 두드렸다. 얇아서 보이지도 않는 입술에는 오렌지색 립스틱을 칠했다. 그리고 손톱 발톱에 반짝이는 매니큐어도 발랐다.

아빠를 따라 병원에 간 엄마는 얼른 돌아오지 않았다.

나는 할머니를 가만히 내려다보았다. 할머니는 울긋불긋 색띠를 두른 오백 살도 넘은 느티나무였다. 그런 나무엔 귀신이 산다는데…….

문득 할머니 몸에 사는 귀신을 몰아내야 한다는 생각이 들었다. 그러면 할머니는 예전처럼 내게 따뜻한 가슴을 열어 줄 것 같았다. 봄날에 죽은 은우는 떨어진 벚꽃처럼 그만 잊혀지고, 우리는 아무 일도 없었던 것처럼 마주 앉아 텔레비전을 보고, 근사한 곳에서 외식을 하고, 때로는 여행을 갈 수도 있을 것 같았다.

나는 기꺼이 퇴마사가 되어 마음 속 주문을 외웠다. 할머니가 놀라지 않게 가만히 머리카락을 쓸어 주고 볼을 매만져 주었다. 그리고 천천히 귀신을 불렀다. 그러자 마침내 느티나무 귀신이 몸을 비틀었다.

그때였다.

"건욱아, 뭐 하는 거야?"

언제 들어왔는지 엄마가 나를 정신없이 흔들었다.

결국 나는 귀신을 쫓아내지 못했다. 엄마가 조금만 늦게 돌아왔더라면 할머니를 나의 할머니로 되돌려 놓았을 것이다.

나의 퇴마의식이 할머니에게 해를 가하는 것으로 보였을까? 아니면 내가 미치기라도 한 것처럼 보였을까? 엄마는 그날 이후 잠시도 떨어지지 않고 할머니 곁을 지키고 있다. 주말에 잠깐씩 나갔던 봉사활동도 끊었다.

아빠는 박힌 유리 조각을 빼내고 찢어진 살을 꿰맸다. 상처가 아물려면 시간이 많이 걸릴 것이다.

끄악! 난 느티나무 귀신을 몰아내려고 했어요. 행복을 찾으라고 하는 지킬의 목소리에 귀를 기울였을 뿐이에요. 끄악! 난 엄마나 아빠처럼 성벽을 쌓고 싶진 않았어요. 끄악! 캄캄한 동굴 속에 나를 가두고 싶지 않았다고요!

참을성 있게 내 이야기를 들어 주던 상담 선생님의 눈빛이 심하게 흔들린다.

다시 내 안의 지킬이 꿈틀거린다. 나와 우리 가족을 지키려는 그의 목소리가 들린다.

'귀신을 몰아내고 행복을 찾아!'

'아니야, 너만의 성을 쌓아. 아무도 들어오지 못하게!'

다시 악의 하이드가 외친다.

나는 머리털을 움켜잡고 벌떡 일어나 문을 향해 돌아선다.

"잠깐만! 여기 다시 와 줄 수 있겠니? 응?"

상담 선생님이 다급하게 말한다.

나는 뒤를 돌아본다. 고흐의 그림이 눈에 들어온다. 사이프러스 나무 꼭대기에 은우가 앉아 있다.

'사실은 형이 날 사랑했다는 걸 알아.'

사이프러스 나무가 흔들린다. 소용돌이 속으로 은우가 사라진다. 반짝, 별이 빛난다.

리셋 클리닉

리셋 클리닉

저녁때가 다 되어 가는데도 엄마는 돌아오지 않았다. 여러 차례 레티나넷을 통해 연락을 해 보았지만 응답하지 않는다는 메시지만 나왔다. 오늘이 하나뿐인 아들이 우주 체험 학습을 마치고 돌아온 날이라는 것도 잊은 모양이었다.

"위치 추적 장치도 꺼 놓고 어딜 가신 거야? 지니, 나 없는 동안 엄마 상태는 어땠어?"

"고통 지수 최고 10까지 상승. 뇌파테라피를 하지 않고 잠든 날이 하루도 없었습니다."

가사도우미 로봇 지니는 고통 지수가 8에서 10을 왔다 갔다 하는 엄마의 감정 그래프를 보여 주었다.

고통 지수 10이란 충동적으로 자살할 위험도가 50퍼센트라는 뜻이다. 내가 지구에 없는 동안 엄마는 삶과 죽음의 경계에서 위험한 줄타기를 하고 있었다는 말이었다.

"기억박물관에 가야겠어."

한동안 기억박물관에 가는 걸 피했다. 외할머니가 돌아가셨다는 사실을 새삼 깨닫게 되는 게 싫어서였다. 하지만 더는 엄마를 내버려 둘 수 없을 것 같았다.

제트 스쿠터에 앉아 목적지를 기억박물관으로 설정하자 자율 주행 시스템이 가동되었다. 안전벨트가 허리를 감싸고 스쿠터가 천천히 날아올랐다.

눅눅한 밤바람이 얼굴에 부딪혔다. 커다란 구 형태의 홀로그램 광고들이 건물 위에서 빙글빙글 돌아가고 있었다.

'슬픔은 불필요한 감정입니다. 힘들고 아픈 기억, 이젠 리셋하세요!'

부쩍 늘어난 리셋 클리닉 홍보 문구들이 비눗방울처럼 둥둥 떠다녔다.

리셋 클리닉은 정부에서 지원하는 공공 클리닉이다. 11 이상의 고통 지수를 만들어 내는 슬픈 기억. 그 기억이 범죄와 연관된 것만 아니라면 누구든 기억을 리셋할 수 있었다. 기억 리셋 프로그램 덕분에 사람들의 행복 지수는 높아지고 우울증 환자 수와 자살률도 대폭 줄어들었다.

클리닉을 제일 많이 이용하는 사람들은 실연의 아픔을 견디지 못하는 사람들이었다. 상대에 대한 기억을 말끔히 지우고 나면 더는 가슴 아플 일도, 상대를 원망할 일도 없었다. 드문 일이지만 헤어진 두 사람이 모두 기억 리셋을 받았다가 나중에 다시 만나 연인이 된 경우도 있었다.

기억 리셋은 의뢰인의 혈관에 나노 캡슐을 삽입하는 초정밀 수술이다. 혈류를 따라 뇌의 편도핵으로 이동한 나노 캡슐이 신경 충격을 일으키면, 고통을 유발하는 특정 기억들이 모두 삭제되는 방식이다. 기억 리셋이 끝나면 레티나넷을 통해 의뢰인의 가족과 친척, 친구, 지인에게까지 그 사실이 전송되어 기억 업데이트가 이루어진다. 차후 서로의 기억 충돌을 막기 위한 조치였다. 기억 리셋 과정에서 잠든 의뢰인은 행복한 꿈을 꾸다 깨어나게 됨으로써 자신이 기억 리셋을 받은 사실을 기억하지 못했다.

"어쩔 수 없는 선택이야. 엄마를 잃을 순 없잖아."

나는 빛나는 광고를 보며 중얼거렸다.

외할머니는 나노 의료 장치 삽입술이나 복제 장기 이식을 거부하고 돌아가셨다. 자연스러운 죽음을 기다리는 외할머니를 지켜보는 일은 고통이었다.

인간의 평균 수명이 130세를 넘긴 세상에, 92세라는 나이는 생을 마감하기엔 너무 이른 나이였다. 나는 외할머니의 뜻을 존중했지만 막상 닥친 이별은 받아들이기 어려웠다. 내 심장의 일부를 떼어 낸 듯 쓰리고 아팠다. 하지만 외할머니가 없어도 하루하루는 똑같이 지나갔고, 나는 조금씩 슬픔을 견뎌 가는 중이었다. 그런데 엄마는 달랐다. 슬픔과 무기력의 늪을 좀처럼 헤쳐 나오지 못했다.

가족이라고 해서 평생을 함께할 수는 없다. 외할머니뿐만 아니라 언젠가는 엄마도, 아빠도 죽음으로써 영원히 헤어져야 한다. 영생은 나노 의료 기술과 세포 복제 기술도 건드릴 수 없는 신의 영역이었다.

"아빠가 지칠 만도 했지. 나도 그만 이 슬픔에서 빠져나오고 싶어. 근데 아무래도 엄마 가슴이 고장이 났나 봐."

아빠가 떠난 뒤 엄마는 울면서 가슴을 쥐어뜯었다.

어느새 제트 스쿠터는 Q블럭 위를 지나가고 있었다. 엄마와 나를 떠난 아빠가 살고 있는 곳. 문득 스쿠터를 하강시키고 싶은 마음이 솟구쳤다. 아빠에게 달려가 모든 것을 제자리로 되돌려 놓으라고 소리치고 싶었다.

외할머니가 돌아가신 것을 엄마와 나만큼 슬퍼하지 않는 아빠를 이해할 수는 있었다. 하지만 아빠는 갑자기 감정이 통째로 사라져 버린 사람처럼 변해 버렸다. 엄마와 나를 위로하기는커녕,

슬픔에 빠진 엄마를 못 견디고 비아냥거리기까지 했다.

"아직도 흘릴 눈물이 남아 있나 보지?"

엄마가 기억박물관에 다녀올 때마다 눈물을 보이면 아빠는 차갑게 비꼬았다. 외할머니에 대한 그리움으로 슬퍼하는 게 뭐가 잘못이라는 건지 이해할 수 없었다.

"당신이야말로 왜 그러는 건데?"

엄마가 참지 못하고 따져 물으면 아빠는 입을 꾹 다물었다. 분노의 눈빛으로 엄마를 노려보다가 이내 절망스러운 얼굴로 고개를 돌려 버렸다. 그러던 아빠는 결국 이혼을 요구했다.

"당신 혹시 다른 여자라도 생겼어? 그래서 이러는 거야?"

"편할 대로 생각해. 그리고 당신 머릿속에서 날 지워 버려!"

아빠는 잔인한 말을 남기고 돌아섰다. 엄마와 나를 이해시키려 하지도 않았다. 날벼락을 맞은 듯 멍했다. 아빠를 절대 용서할 수 없었다.

"엄마, 우리 리셋 클리닉 가요. 가서 아빠를 지워 버려요!"

원망하며 괴로워하느니 아빠에 대한 기억을 모조리 지워 버리는 편이 나을 것 같았다. 어느 날 우연히 아빠와 마주쳤을 때, 타인을 보듯 아무 감정 없는 표정으로 스쳐 지나가게 될 테니까.

"넌 엄마 아빠의 하나뿐인 아들이야. 아빠를 지우는 건 네 과거를 지우는 거나 다름없어."

그 와중에도 엄마는 애써 나를 다독였다. 그러고는 날마다 기억 박물관에 가서 살다시피 했다. 어쩌면 엄마는 아빠에게 받은 상처를 외할머니에 대한 그리움으로 견뎌 내고 있는지도 몰랐다.

이제 엄마를 지킬 수 있는 사람은 오직 나뿐이었다. 나는 약해지려는 마음을 다잡으며 매몰차게 고개를 돌렸다.

G블럭의 경계를 둘러싼 조명 위에서 제트 스쿠터가 천천히 속력을 낮췄다. 기억박물관의 하얀 돔이 보이기 시작했다. 잠시 후 기억박물관 광장 위를 한 바퀴 선회한 스쿠터는 수직으로 천천히 하강했다.

나는 스쿠터에서 내린 뒤 입구 모니터 앞에서 외할머니 이름을 입력했다.

"홍채 인식을 시작하겠습니다."

나는 추모객 홍채 인식 스캐너 앞으로 바짝 다가섰다. 내 홍채를 인식한 스캐너가 깜박였다.

"강주하 님, 방문을 허락합니다. 고 유채영 님의 홀로그램을 재생합니다."

입구 문이 열리자 유리 칸막이로 이어진 추모방들이 나타났다. 입구 가까운 쪽에서 몇몇 추모객들이 보였다. 그들은 유품을 어루만지며 고인을 추억하고 있었다.

"어서 오너라. 우리 주하!"

나를 인식한 시스템이 외할머니의 음성을 내보냈다. 올 때마다 조금씩 다른 인사말 때문에 외할머니가 살아 계신 듯한 착각이 들곤 했다. 생전에 거처했던 방과 똑같이 꾸며 놓은 추모방 안에서 이리저리 움직이고 있는 외할머니의 홀로그램을 보면 더 그랬다.

엄마는 보이지 않았다. 여기 말고 어딜 가신 걸까?

그때 레티나넷을 통해 엄마로부터 전화가 걸려 왔다. 손가락으로 안구를 살짝 터치해 망막 스크린을 띄웠다. 이 미터 앞에 엄마 얼굴이 나타났다. 엄마는 흰 가운을 입고 있었다.

"엄마."

"도착했니? 엄마 연락 안 받아서 걱정했겠구나."

"병원이잖아요?"

"엄마가 좀 힘들긴 힘들었던 모양이야. 활력 징후들이 제자리를 찾는데 시간이 좀 걸렸지 뭐니."

"얼굴빛이 지금도 안 좋아 보여요."

"걱정 마. 캡슐 안에서 종일 누워 있었더니 거의 회복됐어."

"엄마 감정 그래프 봤어요. 아무래도 리셋 클리닉에 가는 게……."

"그 얘긴 꺼내지도 말라고 했잖아. 엄마 곧 갈 테니까 이따 보

145

자."

엄마는 내 말을 끊고 미소를 지어 보였다.

"저도 외할머니께 인사만 드리고 곧 갈게요."

나는 전화를 끊고 추모방 안으로 들어섰다.

외할머니는 한 줌 가루가 되어 자연으로 돌아갔지만, 엄마가 기억박물관에 유품을 전시해 놓고 당신을 추억하는 것까지 반대하진 않았다. 그래서 엄마는 할 수 있는 한 많은 유품들을 이곳으로 옮겨 놓았다.

외할머니는 책상에 앉아 낡은 책장을 넘기기도 하고 자꾸만 흘러내리는 안경을 추어올리기도 했다. 그러다 순간 이동을 한 듯 아담한 텃밭에서 이마의 땀을 닦으며 푸른 찻잎을 따기도 했다. 바로 지금 내 앞에 계신 듯 생생한 모습이었다.

"할머니, 저 왔어요."

'오, 미래의 행성 지리학자. 여행은 잘 다녀왔니?'

외할머니가 이렇게 대답할 것만 같았다. 있는 그대로의 지구를 지키고 사랑하는 자연주의자였지만 우주로 향해 가는 내 꿈만큼은 적극적으로 지지해 준 외할머니였다.

"오늘은 드릴 말씀이 있어요."

나는 입술을 깨물었다.

"아무래도 엄마랑 저, 기억 리셋을 받아야겠어요."

부모를 잃은 슬픔을 감당하지 못해 기억 리셋을 요청하는 의뢰인의 경우엔, 정부의 산아 계획 프로그램에 의해 맞춤 탄생한 사람으로 기억이 리셋된다고 했다. 때문에 가족 간 기억 충돌 방지 차원에서 가족 구성원 모두 기억 리셋을 받는 경우도 있었다.

'빛은 어둠이 있기 때문에 밝은 거란다. 슬픔도 기쁨만큼 고귀한 감정이지.'

엄마와 나에게 자꾸 되새겨 주던 외할머니 말씀이 떠올랐다. 외할머니도 우리가 슬픔을 견디지 못하고 기억을 리셋할지도 모른다고 생각했을까?

우울증과 자살은 철저한 데이터를 토대로 만들어진 인큐베이터 출생 시스템에서 용납할 수도, 있어서도 안 되는 버그나 다름없었다. 기억 리셋 프로그램은 그 버그를 줄이는 대안이었다.

"용서해 주실 거죠?"

나는 홀로그램을 향해 팔을 뻗었다.

줄기세포 이식술 한 번 받지 않아 주름 자글자글한 얼굴, 그런 얼굴에 늘 피어 있었던 온화한 미소. 외할머니는 여전히 그 미소를 띠고 있었다.

'이렇게라도 외할머니를 만날 수 있어서 좋았는데……'

이제 곧 이곳을 정리해야 된다는 생각에 마음이 아팠다. 하지만 엄마를 위해서 외할머니 기억을 지우는 수밖에 없다. 나는 외할머니의 미소를 가슴에 새기며 단호히 돌아섰다.

다른 추모관에 의미 없는 눈길을 주며 천천히 걸었다. 유품에 간직된 수많은 기억들이 이야기를 만들며 내게 말을 걸어오는 것 같았다.

그때 어디선가 흐느낌 소리가 들려왔다. 대부분 평균 수명을 다 살고 죽은 이의 추억이 안치된 이곳에서 좀처럼 듣기 힘든 소리였다. 엄마처럼 슬픔이 많은 사람일까? 추모객이 저리 서럽게 운다는 건, 죽은 이가 예기치 않은 사고로 너무 일찍 떠난 경우라고 봐도 틀리지 않았다. 울음소리에 이끌려 나도 모르게 발걸음을 옮겼다.

바닥에 주저앉아 어깨를 떠는 한 남자의 뒷모습이 보였다. 내가 그 방의 추모객이 아닌 이상 내 눈에는 보이지 않는 홀로그램을 보며 남자는 울먹이고 있었다.

"엄마랑 형이 네 기억을 리셋한 건 차라리 잘한 일인지도 몰라. 아빠처럼 이렇게 괴로울 일은 없으니까."

나는 우뚝 걸음을 멈췄다. 가슴이 심하게 요동치기 시작했다.

"아니야, 이렇게 가슴이 찢어질지라도 아빤 절대로 널 지우진 않을 거야."

익숙한 목소리가 파동을 만들며 내 가슴을 때렸다. 남자의 어깨 너머, 귀엽게 생긴 말티즈 로봇 강아지가 눈에 들어왔다. 바로 옆엔 아이가 날마다 사용했을 듯한 사과 모양 컵과 어린이용 에어 보드, 그리고 야구방망이와 파랑색 글러브가 보였다.

나는 한 걸음 한 걸음 뒷걸음질 쳤다. 다리가 후들거리고 숨이 막혔다. 간신히 밖으로 도망쳐 나와 제트 스쿠터에 원격 신호를 보냈다. 제트 스쿠터가 내 앞으로 날아왔다.

그 순간 머리 위가 환해졌다. 홀로그램 광고가 공중에서 빙글빙글 춤을 췄다.

'감당하기 힘든 슬픔, 고통스런 기억. 이젠 말끔히 지우세요! 리셋 클리닉이 도와드립니다.'

"엄마와 형이라고? 말도 안 돼."

머리를 부여잡고 마구 흔들었다.

"난 모르는 일이야. 아무 것도 생각나지 않아. 아무것도……."

홀로그램 광고들이 폭죽처럼 팡팡 터졌다가 다시 빛을 모아 공 모양을 만들었다.

"쌍둥이 로봇 강아지를 동생처럼 아꼈던 아이였다. 로미가 사라졌을 땐 너랑 일주일 동안 말도 안 했지. 정말 사랑스런 아이였어."

고개를 돌렸다. 내게 원망만 남기고 떠난 아빠, 방금 전까지 안에서 흐느끼고 있었던 아빠였다.

"무인 택시가 자율 주행 장치 오류로 공중 레일을 이탈하면서 생긴 사고였어. 로하는 손쓸 틈도 없이……."

아빠는 괴로운 표정으로 내 기억에 없는 사건을 설명하기 시작했다.

휴일이라 외할머니가 계신 병원에 가족 모두 간 날이었다고 했다. 막 병원 앞에 도착했을 때 로하가 엄마 손을 놓고 앞서 달려 나갔다. 그때 갑자기 무언가가 쾅 떨어져 내렸고, 엄마와 나는 그대로 기절하고 말았다.

엄마와 나는 깨어났다 기절하고, 다시 깨어났다가 또 기절하기를 반복했다. 아빠 혼자 장례를 치르고 이곳 기억박물관에 로하의 유품을 안치했다.

괴로운 듯 잠깐씩 말을 멈추던 아빠는 이내 떨리는 목소리로 설명을 이어갔다.

"엄만 사흘 만에 의식이 돌아왔지만 제정신이 아니었단다. 너도 마찬가지였고. 엄마는 로하의 유품을 안치한 기억박물관에 가는 것을 거부했어. 외할머니 곁에서 한없이 울기만 했지. 로하가 없는 현실을 끝까지 부정하고 싶었던 거야."

그리고 얼마 지나지 않아 외할머니가 돌아가셨고 엄마와 나는 아빠의 설득과 반대를 뿌리치고 리셋 클리닉에 갔다고 했다.

"아무리 리셋 클리닉이라도 그렇게 무책임하게 남의 기억을 지워 버린다는 게 말이 돼요?"

"정점을 찍은 엄마와 너의 고통 지수가 기억 리셋을 승인시킨 거지. 리셋 클리닉은 잠재적 자살 시도자의 자살을 막을 의무가 있었던 거야."

'국민 개개인의 뜻과 국민의 생명을 우위에 둔다.'

기억 리셋에 관한 법률의 주요 항목 중 하나였다. 고통 지수가 12 이상이면 가족의 동의 없이 의뢰인의 요구만으로 기억 리셋이 승인 되었다.

"거짓말! 거짓말이에요!"

"나도 거짓말 같았다. 아무리 받아들이기 힘든 고통이라고 해도 아들을, 동생을 그렇게 지워 버릴 순 없다고 생각했지."

아빠는 괴로운 듯 눈을 질끈 감았다 뜨고는 숨을 크게 내쉬었다.

"하지만 아빤 점점 참을 수가 없었어. 고작 10년밖에 못 살고 세상을 떠난 로하는 깡그리 지워 버리고, 스스로 여한 없이 살다 가신 외할머니를 잊지 못해 슬퍼하는 엄마가 가증스러웠어."

아빠 말은 귀에 들어오지 않았다. 내 머릿속에 생생히 떠오르는 건 엄마와 나를 바라보던 아빠의 싸늘한 시선뿐이었다.

"외할머니가 마지막으로 하셨던 말씀이 뭐였는지 아니?"

"……."

"그래, 생각이 안 나겠지. 로하와 관련된 그 모든 기억들이 다

지워졌으니까. 그래도 잘 생각해 보렴. 아무 여한이 없으셨던 외할머니가 왜 그토록 엄마 손을 붙잡고 안타까워했는지, 무얼 그리 걱정하며 눈을 감으셨는지 말이야."

아빠는 내 어깨를 꼭 잡으며 내 눈을 바라보았다.

"엄만 외할머니의 하나뿐인 자식이잖아요. 외할머니가 돌아가시면 엄마가 너무 힘들어할 게 당연하니까요! 돌아가시는 순간까지 외할머니가 엄마를 걱정했던 것처럼, 엄만 지금도 고통 지수 10에서 힘들어하고 있다고요!"

나는 내 어깨를 잡고 있는 아빠 손을 홱 뿌리치며 소리쳤다.

죽음을 편안한 마음으로 기다려 왔던 외할머니의 마지막 모습은 의외였다. 한 번도 본 적 없었던 두려움 가득한 얼굴, 자연주의자인 외할머니조차도 죽음의 공포로부터 자유롭지 못했던 걸까? 나는 외할머니의 마지막 표정을 그렇게 이해했다.

하지만 아빠는 외할머니의 마지막 표정을 엄마와 나 때문이었다고 말하고 있었다. 버팀목이었던 자신마저 떠나고 나면 엄마가 로하의 죽음을 어떻게 견딜까, 마지막엔 그 걱정을 안고 돌아가셨다는 것이다.

"이제 와서 변명하지 마세요. 아빤 엄마와 저에게서 도망친 거잖아요!"

나는 단호하게 돌아서서 제트 스쿠터에 올랐다.

"엄마와 넌 기억을 리셋한 뒤로 오로지 외할머니만을 위해 눈물을 흘렸어. 로하를 잃은 슬픔은 아빠 혼자 몫이었다고!"

등 뒤에서 아빠가 외쳤다.

안전벨트가 잠기고 스쿠터가 날아올랐다.

"주하야!"

나를 부르는 아빠 목소리가 멀어져 갔다.

엄마는 매일 뇌파 치료를 받기 시작했다. 알파파를 생성하는 헬멧을 쓰고 슬픔과 우울함이 지배하는 뇌를 이완시키는 치료였다. 그렇지만 외할머니가 돌아가시고 없는 현실은 그대로여서, 엄마는 뇌 이완이 끝난 뒤 다시 밀려오는 우울감에 더 무기력해지기도 했다. 여전히 지니의 뇌파테라피 도움 없이는 불면에 시달렸고 고통 지수 또한 별반 달라지지 않았다.

뇌파 치료사는 엄마가 느끼는 상실감이 부모를 잃은 보통 사람들의 평균치를 훨씬 벗어나는 수치라고 설명했다.

"평균치라면 거의 한 세기를 산 사람들의 기준 아닌가요? 그들이 느끼는 상실감과 제 감정을 비교하는 게……."

엄마는 눈망울을 불안하게 굴리며 말끝을 흐렸다.

"네, 무리가 있죠. 환자분은 아직 젊으시고 또 어머니께서도 일찍 돌아가셨으니까요. 전 이해를 돕기 위해 평균치와 비교했을 뿐입니다. 분명한 건 부모의 사망 때문에 이렇게 장기적인 우울감에 빠지는 경우는 아주 드물다는 겁니다."

"저도 백 살 정도 나이가 든 뒤 어머니를 떠나보냈다면 괜찮았을까요? 어머니를 생각하면 마음이 따뜻해지면서도 그것과는 별개로 가슴이 갈가리 찢기는 듯한 아픔을 느껴요."

"감정의 모순이로군요."

치료사는 불가해한 수수께끼라도 풀고 있는 것처럼 심각한 표정으로 고개를 주억거렸다.

'외할머니가 마지막으로 하셨던 말씀이 뭐였는지 아니?'

문득 기억박물관에서 만났던 아빠의 말이 떠올랐다. 대체 외할머니가 무슨 말씀을 하셨다는 말일까? 내가 기억하지 못하는 유언이라도 남기셨다는 걸까? 설마, 그 아이에 대한 이야기를?

"엄마한테 나타나는 고통 지수가 외할머니 때문만이 아니라 다른 원인이 있을 가능성도 있나요?"

절대 그럴 리가 없다고 생각하면서도 나는 조심스럽게 물었다.

"편도핵 손상 환자라면 감정 조절 능력에 문제가 생겨서 그럴 수도 있지. 그렇지만 어머님의 편도핵은 지극히 정상이라……."

치료사는 이유를 알 수 없다는 듯 고개를 갸웃했다.

"뇌파 치료는 두 번만 더 해 보기로 하고요, 그래도 감정이 호전되지 않는다면 기억 리셋도 고려해 보는 게 좋겠습니다."

치료사는 엄마를 향해 목례를 하고 일어섰다.

"엄마, 그만 가요."

"만약 외할머니라면 엄마를 그렇게 지울 수 있겠니? 난 못해. 싫어 주하야."

엄마는 곧 울음을 터트릴 것처럼 나를 바라보았다. 나는 그런 엄마를 꼭 안아 주었다.

그래, 엄마는 하나뿐인 외할머니의 딸이다. 그리고 나는 엄마의 하나뿐인 아들이다. 만약 내가 죽어 엄마에게 지금의 슬픔보다 더한 고통을 준다 해도 엄마는 나를 지우지 않을 거다. 그러니 엄마는 내가 모르는 아들을 지웠을 리 없다. 나에게 로하라는 동생이 있었을 리 없다. 나는 기억박물관에서 아빠를 만난 일을 더 생각하지 않기로 했다.

나와 함께 뇌파 치료 센터를 다녀온 것을 마지막으로 엄마는 그곳에 가지 않았다. 외할머니에 대한 감정을 추스르기 위해 일부러 기억박물관에도 가지 않았다. 대신 일에 몰두했다. 지니를 굳이 휴식 모드로 전환시켜 놓고 곳곳을 치우고 정리하는 데 시간을 쏟았다. 그러다가도 한 번씩 무너지듯 벽에 기대 앉아 무릎에 얼굴을 묻기도 했지만 기억 리셋만큼은 절대 하지 않겠노라고 맹세하듯 말했다.

"주하야, 이리 좀 나와 볼래?"

풀들이 제멋대로 뒤엉켜 자라고 있는 정원을 손보던 엄마가 나를 불렀다. 모처럼 밝은 엄마 목소리에 나는 반갑게 뛰어나갔다. 엄마는 환한 미소를 머금은 채 나를 돌아보았다.

"이게 웬 강아지일까?"

엄마는 흙을 털며 강아지를 이리저리 살폈다.

"어머, 여기 이름표도 붙었네. 로, 미?"

"뭐라고요?"

나는 엄마 손에서 로봇 강아지를 낚아챘다. 지저분해도 기억박물관에서 본 것과 똑같이 생겼다는 걸 알아볼 수는 있었다.

"아는 강아지야?"

"엄마, 저 잠깐 어디 좀 다녀올게요."

로봇 강아지를 들고 뛰었다. 제트 스쿠터에 올라 수동 모드로 전환하고 최대한 속도를 높였다. 스쿠터는 10분 만에 기억박물관에 도착했다.

'강로하.'

나는 떨리는 마음으로 기억박물관 입구 모니터에 낯선 이름을 입력했다.

"홍채 인식을 시작하겠습니다."

'아니야. 내 홍채를 인식할 리 없어!'

고개를 흔들며 뒤로 물러났다.

"홍채 인식 스캐너에 가까이 다가서 주십시오."

머뭇거리다 스캐너 앞에 다가섰다. 스캐너가 깜박였다.

"강주하 님, 방문을 허락합니다. 고 강로하 님의 홀로그램을 재생합니다."

나는 휘청휘청 화살표 불빛이 안내하는 곳을 따라 걸었다. 화살표는 외할머니의 추모방을 그대로 지나쳤다. 그리고 말티즈 로봇 강아지가 있는 추모방 앞에서 내 걸음을 세웠다.

"형, 야구하자. 형이 투수, 나는 타자!"

맑고 또랑또랑한 목소리. 홀로그램 영상 속 로하는 아빠보다 엄마를 더 닮은 아이였다. 로하의 발치에서 로봇 강아지 두 마리가 왈왈 짖어 대며 빙글빙글 돌았다. 나는 유리벽에 몸을 기댄 채 힘없이 미끄러져 내려앉았다. 나도 모르게 주르륵 눈물이 흘러내렸다. 내 가슴에서 아주 중요한 무언가가 쑥 빠져나가 버린 듯한 느낌. 여태 외할머니 때문인 줄만 알았는데…….

"주하야."

아빠가 와 있었다.

"왔구나. 잘 왔다, 잘 왔어."

"어떻게든 말렸어야죠. 왜 말리지 않았어요, 왜?"

아빠는 울부짖는 나를 꼭 끌어안았다.

"엄마의 고통 지수는 외할머니 때문이 아니었어요. 머릿속에선 지워지고 없지만 가슴속엔 로하가 남아 있었던 거예요."

"아빠가 바보였구나. 기억 리셋도 모성을 이기지 못한다는 걸 아빠가 몰랐어."

아빠도 잠긴 목소리로 울먹였다.

"우와! 홈런이다, 홈런!"

고개를 돌려 로하를 바라보았다. 로하가 야구방망이를 던져 놓고 껑충껑충 뛰고 있었다.

"외할머니 댁에서 찍은 영상이란다. 로하가 홈런을 날렸지."

아빠가 말했다.

추모 영상은 죽은 사람의 모습만 남기기 때문에 영상 속에 내가 보이지 않는 건 당연했다.

나는 로하의 홀로그램으로 다가갔다. 하이파이브를 하려고 팔을 올리는 로하 손바닥에 내 손을 겹쳤다. 지그시 눈을 감았다. 기억나지 않은 그때의 기억이 살아날 것만 같았다.

"어, 로미잖아?"

아빠가 바닥에 있는 로미를 안았다.

"어디서 찾은 거니? 주하야, 얼른 명령 내려 봐라. 영구 배터리가 내장돼 있어서 강제 종료하지 않는 한 끄떡없는 녀석이거든."

나는 무슨 말이냐는 얼굴로 아빠를 바라보았다.

"네가 장난치느라고 로미한테 숨바꼭질 명령을 내렸잖아. 찾아낼 때까지 꼭꼭 숨어서 절대 움직이지 말라고."

"그래서 로하가 나랑 일주일 동안 말을 안 했다고 하셨어요?"

"그래. 로하와 함께한 추억이 많은 강아지라 요 녀석들까지 네 머릿속에서 지워진 거지."

아빠는 로미의 털을 손가락으로 고르며 씁쓸하게 웃었다.

"정말 다시 움직일까요?"

"로보랑 로미는 로하랑 네 명령만 알아들어."

아빠가 로미를 다시 바닥에 내려놓았다.

"로미, 나야."

나는 로미를 내려다보며 어색하게 말을 건넸다. 하지만 로미는 꿈쩍도 하지 않았다. 나는 로미 앞에 쭈그려 앉아 시선을 맞췄다.

"로미, 숨바꼭질 끝났어. 이제 움직여."

긴 잠에서 깬 듯 로미가 꿈틀 움직였다. 나를 알아본 로미는 내 손바닥을 마구 핥았다. 간지러운 감촉이 혈류처럼 온몸을 돌았다. 나는 로미를 안아 로보 옆에 놓아 주었다. 로보가 캉캉 짖으며 꼬리를 흔들기 시작했다.